# Lucio V. López

# LA GRAN ALDEA

- STOCKCERO -

López, Lucio V.
      La gran aldea : costumbres bonaerenses. -
      1a ed. - Buenos Aires : Stockcero, 2005.
      144 p. ; 22x15m.

      ISBN 987-1136-27-7

      1. Narrativa Argentina-Novela Costumbrista.  I. Título.
      CDD A863

stockcero.com
Viamonte 1592 C1055ABD
Buenos Aires Argentina
54 11 4372 9322
stockcero@stockcero.com

Lucio V. López

# LA GRAN ALDEA

*Costumbres bonaerenses*

*A Miguel Cané,*
*mi amigo y camarada.*
*L.V.L.*

Qu'on ait trouvé des personnalités dans cette comédie, je n'en suis surpris: on trouve toujours des personnalités dans les comédies de caractère comme on se découvre toujours des maladies dans les livres de médecine.

La verité est que je n'ai pas plus visé un individu qu'un salon; j'ai pris dans les salons et chez les individus les traits dont j'ai fait mes types mais où voulait–on que je les prise?

Edouard Pailleron (Le Monde ou l'on s'ennuie)

# INDICE

# I

D os años hacía que mi tío vivía en mi compañía cuando de pronto una mañana al sentarnos a almorzar, me dijo:

—Sobrino, me caso...

Cualquiera creería que me dio la noticia con acento enérgico. ¡Muy lejos de eso! Su voz fue, como siempre, suave e insinuante como un arrullo, pues mi tío, aunque tenía el carácter del zorro, afectaba siempre la mansedumbre del cordero.

¿Y qué tenía de particular que mi tío se casara? ¡Vaya si lo tenía! Había cumplido los cincuenta y ocho años y apenas hacía dos que mi tía había muerto. ¡Mi tía! ¡Ah, el corazón se me parte de pena al recordarla!... Una señora feroz, hija de un mayor de caballería que había servido con Rauch[1], que había heredado el carácter militar del padre, su fealdad proverbial, un gesto de tigra, y una voz que, cuando resonaba en el histórico comedor de su casa hacía estremecer a mi tío, y el temblor de la víctima transmitía el fluido pavoroso a los platos y a las copas que se estremecían a su turno dentro de los aparadores al recibir en sus cuerpos frágiles y acústicos el choque de la descarga de terror conyugal.

Así se pasaban las cosas cuando mi tía Medea[2] purificaba sobre la tierra a su marido. El espanto dominaba toda la casa: los antiguos retratos al óleo de sus antepasados, y hasta el del feroz mayor de caballería, tiritaban entre los marcos dorados, y perdían la tiesura lineal y angulosa del pincel primitivo que había inmortalizado aquellos absurdos artísticos; los muebles tomaban un aspecto solemne, y parecían, por su alineación severa, la serie de los bancos de los acusados; los relojes se paraban, los sirvientes ganaban los confines de la casa; mi tío, que comenzaba por esbozar una súplica en su rostro de marido hostigado durante veinticinco años, concluía por doblar el cuello y hundir su barba en el pecho, ni más ni menos que una perdiz a la que un cazador brutal descarga a boca de jarro los dos cañones de la escopeta. Las imprecaciones y los gritos estentóreos[3] de mi tía Medea se prolongaban hasta altas horas de la

1 *Rauch*: (Federico, 1790-1829): coronel prusiano quien llegó a Buenos Aires en 1819. Luchó en las guerras civiles del país y combatió contra los indios, muriendo en la batalla de las Vizcacheras en 1829

2 *Medea*: hechicera mitológica, hija de un rey de Cólquida, quien huyó con Jasón, jefe de los argonautas, cuando éste se apoderó del vellocino de oro. Posteriormente abandonada por su esposo, se vengó degollando a sus propios hijos.

3 *Estentórea*: voz poderosa, proviene de Stentor, personaje de la Ilíada cuya voz, según Homero, "era tan poderosa como el grito de cincuenta hombres".

noche; tenía unos pulmones dignos de alimentar el órgano monstruo de Albert Hall; y sus iras inclementes y casi mitológicas, brotaban de sus labios como un torrente de lava hablada, en medio de gesticulaciones y ademanes dignos de una sibila [4] que evacúa sus furores tremendos.

Una mujer como mi tía tenía que ser, como fue, de una esterilidad a toda prueba. Hasta los quince años yo tuve vehementes dudas sobre su sexo; aquel retoño de los Atridas [5] no dio fruto a pesar de mi tío.

Mi tío estaba lejos de ser un apóstol, pero era un santo.

El lado débil de mi tío era el amor, y esto explicará por qué es que a los dos años de viudez acababa de declararme que se casaba. Mi tío era un alfeñique delante de una mujer bonita. Decir que se derretía sería poco, se revenía, se volvía una celda de miel. Al oír una voz juvenil brotando de una garganta esbelta y alabastrina, al ver un cuerpo elástico y nervioso modelado por los contornos de la carne viva y suave a la presión, mi tío, que era flaco y alto como un junco de las islas, gemía involuntariamente como un arpa eólica, y, no contento con saborear la estatua con los ojos, cedía, sin querer, el brazo a los movimientos irrespetuosos de la electricidad animal y gustaba de tocar el buen señor.

Convengamos en que el defecto era humano y no grave. Pero ved aquí cómo dos pasiones contrarias, la cólera crónica de mi tía y la ternura amorosa de mi tío, habían llegado poco a poco a constituir en él una segunda persona, en la que se habían transformado todos los rasgos primitivos de su carácter. El buen viejo había conservado toda su bondad, toda su mansedumbre; pero, perseguido, acosado, estirado como un hilo elástico, por su mujer, se había enflaquecido más de lo que había sido y había adquirido un tipo físico lógico, con su nuevo carácter moral: una especie de Tartufo [6], pero no un Tartufo odioso y antipático, sino por el contrario, y aunque esto parezca una paradoja, un Tartufo ingenuo y cándido, a quien Orgón descubría en cada aventura por la falta de las grandes cualidades jesuíticas que constituyen el carácter del más alto representante del molierismo.

Así, mi tío, que turbaba de cuando en cuando la paz del servicio, sufría siempre la desgracia que nadie sufre en este mundo; lo que no pasa jamás: que los sirvientes lo delatasen a la señora. El regreso del paseíto después de comer casi siempre lo colocaba en una situación crítica y zurda: o la manga de la levita blanqueada por el contacto de las paredes humanas, o el perfume de un ramo de jazmines, o lo inmoderado de un nudo de corbata poco defendido, o cualquier otra causa, lo entregaban a las garras de la leona, y los celos de Norma estallaban:

4    *Sibila*: personaje mitológico, mujer que profetiza inspirada por Apolo. El nombre proviene de Sibila, la hija del troyano Dárdano y de Neso (a su vez hija del gobernador Teucro), que estaba dotada del don de la profecía. Las sibilas vivían en grutas o cerca de corrientes de agua y se manifestaban en estado de trance. La sibila Herófila profetizó la guerra de Troya.

5    *Atridas*: una de las sagas más famosas de la mitología griega, toma su nombre der Atreo, aunque las desventuras de esta familia comienzan con Tántalo, su abuelo, y terminan con Ifigenia, Electra y Orestes, sus nietos.

6    *Tartufo*: hipócrita; protagonista de la obra homóloga del dramaturgo francés, Molière (Jean Baptiste Poquelin, 1622-1673)

—¡Viejo libertino y sinvergüenza, inmoral, corrompido, sucio!...

—¡Pero Medea!...

—¡Silencio! ¡hombre sin pudor!... ¡habráse visto canalla igual!... ¡corriendo las calles de noche, echando cuchufletas [7] a las sirvientas en las puertas de calle! ¡Vea usted! ¡Esa manga denuncia al canalla! A ver, aunque no quieras, te he de registrar el pecho... ¡Eh! ¿Qué se me importa que se te arrugue la camisa? ¿Qué, no veo acaso al viejo calavera degradado en ese moño indecoroso de la corbata?... ¡Un ramo de jazmines!... ¿Quién te ha dado ese ramo? Di, hombre infame y malvado. ¿Quién te ha dado esa inmundicia? ¡Puf!... ¡huele a pachulí! Debe ser alguna guaranga [8], degradada como tú...

¡Esta me la has de pagar! ¡Ha de arder Troya! Usted ha manchado mi familia y mi nombre, arrastrándolo por las últimas capas sociales. ¡El nombre de los Berrotarán! Si mi padre viviera, ya te habría molido las costillas; treinta años fue militar, y mi madre no tuvo jamás una queja. Véalo usted allí, levante los ojos y pida usted perdón al autor de mis días... ¡marido depravado y perverso!

Y Polión [9] caía fulminado por los anatemas.

Así habían pasado los días del primer matrimonio de mi tío. El hacía *in petto* [10] grandes programas de enmienda: se creía un culpable, un malvado, pero no podía con sus extravíos de ternura, y a fe que tenía razón: mi tía era refractaria por índole y por naturaleza a todo afecto íntimo, y sus caricias debían ser, si alguna vez las hizo a alguien, como las manotadas de una pantera.

Las impresiones que aquel hogar lleno de movimiento producían sobre mi espíritu, eran múltiples y variadas. Mi tía Medea nunca dejaba de echarme en cara que al morir mis padres me había recogido por favor y como un acto mil veces más caritativo y recomendable que el de la hija de Faraón, salvando a Moisés de la corriente del Nilo. Mi padre, hermano menor de mi tío, había muerto joven, y mi madre al darme a luz. Ante la ley natural, a Dios gracias, mi tía no podía exigirme parentesco.

En aquel lugar rancio y ridículo yo me había formado sin grandes afecciones; había crecido lentamente como una planta exótica al lado de mi pobre tío, que sin duda me quería, y que, no sabiéndose defender a sí mismo de su terrible compañera, se guardaba por su parte muy bien de protegerme cuando la brava señora la emprendía conmigo.

---

7   *Cuchufleta*: chanza
8   *Guaranga*: incivil, mal educada
9   *Polión*: nombre de origen griego cuyo significado es "señor poderoso que protege"
10   *In petto*: (Ital.) en el pecho, del Latin *In pectore*, pensar para sus adentros.

# II

Me acuerdo sin embargo con una memoria vivísima de los primeros años de mi niñez. Miraba la vida como pudieran mirarla los hijos del príncipe de Gales o los de un Rothschild [11]. Todo lo que me rodeaba, mientras vivió mi padre, era pobre y de una mediocridad bastante marcada; pero yo lo encontraba de una belleza, de una abundancia y de un gusto excepcionales. Nadie me había inspirado estas pretensiones pueriles; por el contrario, mi padre, cuando me di cuenta de su valor moral, era de una modestia prístina en su vida. ¡Pero yo encontraba tan hermosa la vieja casa alquilada! Tan lujosa la sala en que dominaba un gran retrato de mi madre querida, que tenía, si la expresión se me permite, esa lástima egoísta que siente uno por los demás niños cuando es niño también.

¿Qué hombre, qué mujer, por variada y llena de contrastes que haya sido su vida, no tiene allá, en el fondo del recuerdo, la fotografía vaga pero indeleble de las primeras impresiones del mundo? Es una fiesta, un día de escuela, un encuentro, un juguete, un cariño recibido y devuelto, el protagonista de ese inolvidable poema de la memoria; la palabra no lo anima jamás, no se comunica a nadie, porque es tal vez trivial cuando adquiere formas externas; se acaricia la reminiscencia a solas, íntimamente, y ella vuelve y retorna siempre a la mente, porque es como el cimiento de las memorias, el sedimento que han dejado las primeras impresiones de la vida en el espíritu del hombre.

La fisonomía de aquel hogar trunco por la muerte de mi madre, no se borrará jamás de mi mente. Dormíamos con mi padre en la misma habitación. Veo todavía aquel teatro célebre de cuentos y juegos inolvidables; los seis antiguos grabados ingleses de sus paredes, colgados con poco esmero; seis escenas de los romances de Waverley [12], amarillentos y mareados entre sus maltratados marcos, casi siempre torcidos, pendientes de sus clavos desiguales.

¡Cuántas veces al adormecerme bajo la media luz de la habitación, parecíame ver moverse la figura misántropa de Guy Mannering [13], y de espanto al verla salir del marco, encogíame todo en el lecho, tapábame hasta la cabeza y cerraba los ojos para no ver la escena fantástica que fraguaba contra mí mismo la imaginación calenturienta del niño. Oigo el tic–tac del antiguo reloj de familia, y el golpe grave de su timbre resuena en mi oído aún. Recuerdo el miedo que me causaba al despertar en medio del sueño ese monótono

---

11  *Rothschild*: De la familia de banqueros internacionales desde fines del siglo XVIII, sinónimo de riqueza

12  *Waverly*: pseudónimo del escritor romántico escocés, Sir Walter Scott (1771-1832), y título de su serie de novelas

13  *Guy Mannering*: personaje de la novela homónima de Sir Walter Scott.

murmullo del silencio nocturno, reagravado por el bulto humano, horroroso, amenazante que parecían formar las ropas de mi padre puestas al acaso sobre una silla, y en cuya ingeniosa y casual combinación creía ver el cuerpo de un ladrón o de un bandido. ¡Oh! ¡Qué alegría, qué desahogo, cuando la mirada, después de un examen ansioso, descubría al fatal engaño y los objetos tomaban su forma natural disipándose el terrible fantasma!

# III

Tenía diez años cuando murió mi padre. La última vez que me acercaron al borde de su cama, me abrazó y me llenó de besos; tendría entonces cuarenta años, pero representaba sesenta; ¡tanto lo había quebrantado la terrible enfermedad que lo consumía!

Espíritu débil, la muerte de su compañera lo había abatido, había hecho inútil su existencia. Pobre, sin porvenir, esclavo de un empleo subalterno que servía desde veinte años atrás, carecía de la iniciativa vigorosa de otros hombres que buscan en los trabajos variados de la vida el consuelo de los grandes dolores humanos. La monotonía de sus deberes cotidianos, ese horrible destino de hacer la misma cosa hoy, mañana y siempre; el sueldo periódico que jamás se aumenta ni reproduce; la falta del ideal, de la esperanza, de ese horizonte dorado que persigue toda criatura en el mundo, abatieron las fuerzas de aquel noble pero desgraciado corazón, cuyo fin fue como el de una máquina que estalla y se inutiliza antes de tiempo.

Mi tío, dominado por su absurda mujer, nos veía poco. Pobre también, se había casado con ella que tenía una fortuna considerable, y en su casa, como era natural, dominaba el carácter militar de mi tía, duplicado por la influencia de su fortuna.

Sin embargo, el buen tío Ramón, con sus debilidades, pero excelente en el fondo, al saber la gravedad extrema de mi padre, vino a vernos.

Los dos hermanos se abrazaron. La palidez de mi padre se confundía con la blancura de las almohadas de su cama.

Aunque niño, y sin poderme dar cuenta profunda de aquel solemne momento de mi vida, lloré amargamente abrazado de su cuello; sentí su último calor vital con un íntimo estremecimiento de dolor, estreché sus manos descarnadas, me miré en sus ojos apagados y permanecí mucho, mucho tiempo a su lado, sollozando y enjugando mis lágrimas.

Mi padre había abierto un pequeño libro con láminas ordinarias para distraerme, y yo, sin separarme de su lado, hojeaba casi maquinalmente sus páginas, y me detenía contemplando los grabados, siempre estrechado por él.

—Bien, hijito —me dijo al fin—, vete a recoger, que es tarde ya y yo tengo que hablar con tu tío.

Y como yo hiciera un movimiento de cariñosa resistencia para separarme de su lado, él insistió dulcemente, me volvió a abrazar y a besar muchas veces y mi tío Ramón me condujo a un cuarto inmediato donde me había instalado desde que mi padre se agravó.

Al separármele, quedó en mis manos el libro que habíamos estado hojeando. Me desnudaron y me acostaron.

Un instinto, qué sé yo, uno de esos profundos movimientos del alma de los niños, que son como el germen de todos los variados y tiernos sentimientos que brotan después en la adolescencia, me hizo no separarme de aquel libro.

Apagóse la luz de la habitación, y yo estaba abrazado de mi precioso recuerdo. Quería protegerlo y ser protegido por él mismo; era como una prenda de mi padre, que me lo recordaba y me lo reproducía; lloré mucho sobre él y debí humedecerlo tanto con mis lágrimas, que mis manos llevaron muchas veces a los labios el sabor amargo del llanto; y fue así, abrazado a mi libro, defendido el pecho por sus páginas, que me dormí aquella noche, la última de mi vida en que debía ver al autor de mis días. Aquella noche murió mi padre, mientras yo dormía oprimiendo el tesoro conquistado.

¡Pobre libro mío! A los diez años muy lejos estaba de amarlo por el valor moral de sus páginas; era el *Ivanhoe*, el primer romance que debía deslumbrar más tarde mi imaginación virgen de impresiones. Lo amaba, porque había sido de mi padre: todo era en él precioso para mí, sus grabados en madera, sus tapas comunes, bastantes estropeadas, sus ángulos doblados por los golpes que sufría, sus páginas descoloridas, en las que mis ojos inquietos se solían detener de paso.

El entierro de mi padre fue muy modesto por cierto; murió por la madrugada, y durante todo el día me tuvieron encerrado en el cuarto en que me habían puesto, sin dejarme salir de él. En un momento yo conseguí, sin embargo, escaparme, llevado por esa curiosidad inquieta de los niños, me interné en las habitaciones que conducían a la sala, y por la hoja entreabierta logré ver dos largos y gruesos cirios[14] llenos de las congelaciones de la cera que chorreaba sobre ellos, colocados sobre enormes candelabros de platina, semejantes a los que había visto en las iglesias; los candelabros reposaban sobre un tapiz de pana negra raída, con guardas de oro bastante estropeadas; el olor acre de la cera de los cirios me hizo un malísimo efecto, y sin darme cuenta de lo que veía, retrocedí a mi cuarto sin atreverme a seguir adelante.

Nunca después en la vida he dejado de recordar aquel momento, al aspirar el ambiente peculiar que forman las velas amarillosas de cera que queman alrededor del féretro[15] de los que acaban de morir, y aquella impresión de niño, es otra de las muchas que no se borrarán jamás de mi memoria.

Mis parientes se dieron mucha prisa en enterrar a mi padre; a eso de las cinco de la tarde comencé a sentir el murmullo de voces y pasos de gentes que entraban. Me asomé por la puerta que daba al patio y vi muchos hombres vestidos rigurosamente de negro que se congregaban en pequeños grupos, salu-

14   *Cirios*: velas grandes de cera que se utilizan en las iglesias
15   *Féretro*: ataúd

dándose reverenciosamente los unos con los otros; todos parecían estar muy tristes y pensativos, a juzgar por la gravedad de sus rostros.

Una sirvienta me arrancó de la puerta desde donde yo observaba la concurrencia lleno de extrañeza, al ver un número tan considerable de gente en mi casa, donde tan pocas y raras personas nos visitaban. Un rato después me pareció que el ruido de los pasos aumentaba, como si un tropel de gente se pusiese en movimiento y poco a poco fui notando que se alejaba. En la calle se oyeron rodar carruajes, pero el ruido de los coches también se extinguió y todo quedó en silencio. Entonces me asomé otra vez por la puerta del patio: había quedado completamente solo, la puerta de la calle estaba entornada, cerradas las de las habitaciones; la tarde avanzaba y la humedad de un día lluvioso daba a aquella escena un aspecto tristísimo.

Me dio miedo y entré en mi cuarto.

Mi tía Medea conversaba en las habitaciones inmediatas con cuatro o cinco señoras viejas y de edades incalculables. Yo me presenté francamente entre ellas: una me acarició; las otras, incluso mi tía, me miraron con cierta indiferencia, y yo no debí preocuparme mucho tampoco de ellas, porque preferí meterme debajo de la mesa del comedor donde permanecí largo tiempo recorriendo las estampas de mi libro inseparable.

Las señoras tomaron algunas copas de vino y mi tía tomó dos, diciéndoles que estaba muy débil, que durante el día no había probado bocado, lo que probablemente le sirvió de pretexto para comer un plato entero de bizcochos que habían presentado junto con el vino.

Aquellas señoras se levantaron al fin, y mi tía con ellas, diciendo a la sirvienta que me cuidaba, que me tuviera listo para el día siguiente en que ella vendría a buscarme temprano.

En efecto, al día siguiente del entierro de mi padre volvió mi tía Medea a buscarme. Lo primero de que me apoderé para decir adiós a aquel hogar semejante a un nido abandonado, fue de mi buen libro; nada más deseaba llevar.

Quise sin embargo recorrer toda la casa antes de partir.

Se aspiraba en todos los cuartos ese ambiente de tristeza que tienen los sitios que se abandonan.

Entré en el cuarto en que mi padre había muerto; todo estaba en desorden: la cama en el medio, sin colchones, como un esqueleto de hierro; los armarios vacíos.

Mi tía Medea había hecho acto de generosidad con los pobres, repartiendo las ropas de mi padre; la vieja alfombra había desaparecido; las baldosas contribuían a aumentar lo triste de la escena con su frialdad glacial; mis buenos grabados ingleses ya no estaban tampoco; algunos fragmentos de mis juguetes habían sido relegados a un rincón de la habitación; entré en la sala y vi con júbilo que el retrato de mi madre estaba allí y que mi tío había dispuesto que lo condujesen a su casa. En un ángulo de la sala estaban agrupados los cuatro candelabros con sus cirios apagados, las mechas duras y achatadas sobre la cera, que había formado al derretirse una masa de coagulaciones semejantes a las labores góticas de una abadía; a un lado de ellos estaba la manta de pana negra, raída, con sus guardas galonadas.

Entraban y salían peones con muebles: ¡desalojaban! ¡oh!, ¡qué triste es una mudanza, y cuánto más triste cuando tiene lugar porque han muerto los que habitaban la casa! ¡Qué triste es ese desorden! ¡Las voces de las gentes de todas menas[16] que entran y salen; la desnudez en que quedan los pisos y las paredes; el abandono, el silencio, que van invadiendo poco a poco! El último trasto que se saca, casi siempre una silla, cuyos pies desiguales dan cierto aire de grotesca melancolía, ante el cual sólo el pincel de Dickens es capaz de levantar el poema que surge de la observación sentimental de los objetos. ¡Qué momento ese, en que el último, después de dejar desiertas las habitaciones, cierra la puerta de la calle tras de sí! ¡El eco cavernoso responde entre los ángulos de los cuartos abandonados, el eco solo, voz solemne de lo vacío, de la soledad, de las tumbas!

---

16   *Mena*: (Metáf.) niveles sociales; calibre o medida de la circunferencia de un cabo.

# IV

El cambio de domicilio fue un acontecimiento para mí; la espléndida casa de mi tío Ramón, mi ropa flamante de luto, la nueva faz de mi vida, ejercieron en mi espíritu toda la influencia de la novedad.

Había alguna diferencia, por cierto, entre la pobre morada de mi padre y la espléndida mansión de mi tío, o más bien dicho, de mi tía, pues todo lo que había en ella, hasta el último alfiler, como ella decía, era suyo propio y lo había heredado del famoso mayor Berrotarán, terror de los indios y loor del ejército. Mi tío Ramón era un pobrete que sólo había aportado al matrimonio su decencia con lo encapillado [17], como rezaba la antigua fórmula testamentaria.

Se trató de mi educación; mi tío, que se interesaba por mí, quiso tomarme maestros de idiomas y proporcionarme una enseñanza esmerada, pero todo fue en vano.

Mi tía Medea sostuvo con argumentos sin réplica y resoluciones inapelables, que demasiado había hecho ella consintiendo en cargar con hijos de otro.

—¡Si no tiene usted familia, usted solo tiene la culpa! ¡Mi padre tuvo diecisiete hijos y sólo fue casado dos veces!

—¡Bien, Medea, tienes razón, yo tengo la culpa!

—¡Y es usted tan cínico que lo confiesa!

—¡Pero si es por complacerte!...

—¡Por complacerme! ¿Y ése es el modo de complacerme?

¡Traerme los hijos de otros, echar esa carga a su mujer!

¿Por qué no lo ha puesto usted en un taller, para que aprenda un oficio y se haga hombre? ¿Por qué no lo ha destinado usted a un cuerpo de línea, para que siguiese la noble carrera militar?

—Mira Medea: es el hijo de mi pobre hermano, lleva mi apellido como tú, no tenemos hijos... ¿Qué cosa más natural que lo hagamos nuestro hijo, que lo eduquemos conforme a nuestros medios?

—¡Ca! No me muelas la paciencia Ramón, no me impacientes –contestaba mi tía Medea furiosa–. ¡Yo no necesito de tu nombre para nada! ¡Guárdatelo, que para nada me sirve! Yo me llamo Berrotarán y usted es un pobre diablo, hijo de un lomillero [18]. ¡Sí, señor, de un lomillero! Su padre de usted era lomillero en tiempo de Rosas [19]. ¡Haga usted lomillero a su sobrino!

17   *Encapillado*: de encapillarse, fam. ponerse alguna ropa, particularmente cuando se echa por sobre la cabeza como una camisa
18   *Lomillero*: talabartero, artesano que fabrica lomillos y monturas
19   *Rosas* (Juan Manuel de, 1793-1877): terrateniente y político argentino, fue gobernador de la Provincia de Buenos Aires entre 1829 y 1832, y ejerció la suma de los poderes públicos entre 1835 a 1852. Enfrentado con la Confederación, fue vencido en la batalla de Caseros (1852). Falleció exiliado en Inglaterra

Mi tío se ponía rojo de vergüenza ante estas contestaciones, y yo, que no podía darme cuenta de cómo mi tía, tan llena de orgullo y de pretensiones, había podido casarse con el hijo de un lomillero, decía para mis adentros que debían haberla casado por fuerza con mi tío Ramón, porque, de otro modo, no podría explicarse tanta desigualdad de condiciones. Indudablemente mi tío Ramón había abusado de mi tía, permitiéndole que lo aceptara por esposo.

Escenas conyugales como la que acabo de narrar eran muy comunes en aquella casa. Mi tío estaba completamente sometido; en lo único en que era incorregible era, como ya lo he dicho, en materias de amor, y por esta causa se daban los más famosos combates íntimos que tenían lugar. ¿Combates?... digo mal; mi tío no combatía nunca; se entregaba por completo, rendido a discreción, y mi tía emprendía la terrible ejecución del marido infiel.

Mi tía Medea era muy dada a la política; ella pretendía tomar parte en el gobierno, y era, por consiguiente, amiga de la situación.

La época en que yo me criaba era muy agitada. Hacía poco tiempo que se había dado la batalla de Pavón[20]. Quería mi tía llevarlo todo a sangre y fuego, y su divisa era "O por la ley o por la fuerza".

Mi tío Ramón había tenido que inscribirse en uno de los centros electorales en que la opinión estaba dividida, y aunque con un carácter muy indiferente por la cosa pública, el buen ciudadano figuraba pomposamente en la comisión directiva, debido sin duda a la iniciativa de su mujer, que no admitía excusas, y a sus medios pecuniarios, y no a su entusiasmo por la lucha o a sus aspiraciones políticas.

El candidato de mi tía ejercía sobre ella la influencia de un profeta: no concebía que delante de su figura inspirada y magnífica pudieran levantarse adversarios; mi tía, como he dicho, era de una virtud agria e indomable, pero, cuando se hablaba de su orador y de su poeta, una especie de delirio alarmante la invadía, y si hubiera sido joven y bella y su ídolo le hubiera dado una cita a medianoche, habría ido, loca de amor, a rendirse a sus caricias omnipotentes, porque perderse con él no habría sido para ella una falta sino el cumplimiento de un deber inexcusable.

Así era por aquellos días el fanatismo político entre las mujeres. El ídolo político de mi tía, hombre formal, estudioso, lleno de buena fe, como el profeta de Münster [21], tenía una especie de virtud inconsciente e involuntaria para revolver las cabezas femeninas, y a pesar de toda su gravedad, de todo su juicio, contábase como cierto por los adversarios, que más de una vez, la crema de la *high–life* del tiempo, las señoras más encopetadas de Buenos Aires,

20    *Batalla de Pavón* (Sept. 17, 1861) entre las tropas de la Confederación, lideradas
      por Justo José de Urquiza —su Director Provisional y luego Presidente— y las
      de la Provincia de Buenos Aires lideradas por Bartolomé Mitre. El retiro de los
      soldados urquicistas determinó la victoria de Mitre, y posibilitó la fundación de
      la Argentina como nación con Bartolomé Mitre como el primer presidente
      (1862) según la Constitución de 1853-60.
21    *Profeta de Münster*: Brent Rothmann, líder religioso muy influyente en la villa
      de Münster entre 1531 y 1533 y que pasó del Catolicismo evangélico al
      Luteranismo, de este a la doctrina de Zwinglio y a tener simpatías con los Mel-
      chioritas (anabaptistas, seguidores de Melchior Hoffman) y los Apóstoles de la
      Luz Interior.

le habían hecho manifestaciones públicas de simpatía en las ventanas de su casa, poniéndolo, en una edad que no era la de Apolo, en el caso de presidir la asamblea de las mujeres, perorar ante ellas y echarles las más metafóricas, las más eufónicas, las más pintadas frases de su cosecha oratoria.

Por supuesto que mi tío dejaba hacer y jamás demostró celos por aquellos actos de su mujer; tenerlos habría sido tan temerario como si los griegos los hubiesen tenido de Júpiter, cuando el rey del Olimpo hacía sus parrandas nocturnas por sus hogares.

En el partido de mi tía, es necesario decirlo para ser justo, y sobre todo para ser exacto, figuraba la mayor parte de la burguesía porteña; las familias decentes y pudientes, los apellidos tradicionales, esa especie de nobleza bonaerense pasablemente beótica [22], sana, iletrada, muda, orgullosa, aburrida, localista, honorable, rica y gorda: ese partido tenía una razón social y política de existencia; nacido a la vida al caer Rosas, dominado y sujeto a su solio[23] durante veinte años, había, sin quererlo, absorbido los vicios de la época, y con las grandes y entusiastas ideas de libertad, había roto las cadenas sin romper sus tradiciones hereditarias. No transformó la fisonomía moral de sus hijos; los hizo estancieros y tenderos en 1850. Miró a la Universidad con huraña desconfianza, y al talento aventurero de los hombres nuevos pobres, como un peligro de su existencia; creó y formó sus familias en un hogar lujoso con todas las pretensiones inconscientes a la gran vida, a la elegancia y al tono; pero sin quererlo, sin poderlo evitar, sin sentirlo, conservó su fisonomía histórica, que era honorable y virtuosa, pero rutinaria y opaca. Necesitó su hombre y lo encontró: le inspiró sus defectos y lo dotó con sus méritos.

En vida de mi tía, su casa era uno de los centros más concurridos por todas las grandes personalidades, y en ella se adoptaban las resoluciones trascendentales de sus directores. Los grandes planes que debían imponerse al comité, para que éste los impusiese al público, salían de allí, y en su elaboración tomaban parte las cabezas supremas, que deliberaban como una especie de estado mayor, sin que los jefes subalternos tomasen parte en las discusiones. Lo más curioso era que aquella gran cofradía creía, o estaba empeñada en hacer creer, que era el partido quien concebía los profundos programas electorales, y la verdad era que el gran partido solía convertirse en un ser tan pasivo como los ídolos asirios, que aterraban o entusiasmaban a las muchedumbres según el humor del gran sacerdote que gobernaba los resortes ocultos de la deidad.

Tenían aquellas reuniones un colorido particular, y más de una vez fui espectador de las escenas que se producían entre sus altos y profundos augures [24].

22  *Beótico*: relativo a Beocia, territorio de la antigua Grecia constituido, básicamente por una extensa llanura muy fértil, que permitió el surgimiento de más de una decena de *poleis*, aunque la hegemonía de Tebas se patentizó en la creación de la primera Confederación Beocia. Los beocios no eran tan desarrollados como los habitantes del Ática o de Jonia. Políticamente sus ciudades se quedaron estancadas en la oligarquía, sin evolucionar hacia la democracia.

23  *Solio*: trono con dosel

24  *Augures*: nombre con el cual en la antigua Roma se designaba a los sacerdotes encargados de observar los fenómenos celestes e interpretarlos como mensajes de los dioses

Mi tía no estaba quieta un solo instante; salía y entraba a la sala en que se congregaban sus correligionarios, atendía a una que otra visita íntima del barrio en las habitaciones interiores, y volvía de nuevo por un instante a seguir el hilo de los debates y peroraciones que tenían lugar.

Una noche próxima al día de una elección, según creo, se reunieron en casa de mis tíos aquellos hombres que yo consideraba providenciales. Desde temprano se habían encendido todas las arañas y candelabros del salón, y yo, ardiendo de curiosidad, hice todo lo posible por ser espectador lejano desde la antesala, de aquella notable asamblea.

Eran las ocho de la noche y entraban los primeros concurrentes.

—No me hable usted de la juventud, señor don Ramón, la juventud del día no sirve para nada –decía a mi tío un caballero flaco, de cuarenta años largos, con una fisonomía garabateada por la barba y las arrugas del cutis.

—Tiene razón, doctor, los jóvenes no sirven para nada.

—No te metas, Ramón, en lo que no sabes –contestaba mi tía furibunda.

—Vean ustedes, señores: llevar hombres jóvenes a las cámaras sería nuestra perdición. La juventud del día no tiene talentos prácticos; ¿cómo quieren ustedes que los tenga? ¡Le da por la historia y por estudiar el derecho constitucional y la economía política en libros! Forman bibliotecas enormes y se indigestan la inteligencia con una erudición inútil que mata en ellos toda la espontaneidad del talento y de la inventiva. ¡Sí, señores, los libros no sirven para nada! Ustedes me ven a mí... Yo no he necesitado jamás libros para saber lo que sé. ¡Pero no quieren seguir mis consejos, señor! Los libros no sirven para nada en los pueblos nuevos como el nuestro. Para derrocar a Rosas no fueron necesarios los libros; para hacer la Constitución de 1853, tampoco fueron necesarios, y es la mejor Constitución del mundo. Yo soy abogado, y me ha bastado Darnasca para aprender mi profesión. La noción del derecho se pierde cuando más a fondo se quieren conocer los textos. ¡Lo mismo es la política! Nosotros no estamos preparados para gobernar con Hamilton, Madison y Story. ¡El buen sentido, eso basta! ¡Sí, señores, el buen sentido basta! Yo por ejemplo, no leo sino los diarios, y el periodismo, señores, es como el pelícano, alimenta a sus hijos con su propia sangre. Usted ha estado en mi estudio, señor don Ramón, ¿no es verdad? ¿Ha estado usted? ¡Pues bien! ¿Qué libros ha visto usted? Colecciones de los diarios en que he escrito, eso sí: la colección de *La Colmena*, *La Espada de Damocles*, *La Regeneración Porteña, El Gorro de la Libertad,* etc., todos los diarios de que he sido redactor. Pues bien, ¿eh?... He necesitado alguna vez informarme sobre la pesca de los pingüinos en la costa patagónica, cuando he sido ministro, ¿qué he hecho?... a *La Espada de Damocles...* registro la colección y en 1853 ó 54, encuentro el artículo que escribí sobre la pesca de esos moluscos...

—Pero, doctor, ¿los pingüinos no son aves? –observó mi tío.

—Pero no vuelan, señor don Ramón, y son esencialmente marítimos, y se pescan en vez de cazarse; por eso es que los clasifico entre los moluscos, y así los designo en mi artículo de *La Espada de Dámocles*. Y lo mismo que digo de la pesca de los pingüinos, digo del gobierno parlamentario; nos están hablando de las bondades del sistema bicamarista... Vean ustedes el resultado que nos ha dado en la nación y en la provincia... Hemos retrocedido, señores, hemos retrocedido veinte años; nuestro primer acto de gobierno debe ser volver a la cámara única y poco numerosa. Yo lo he sostenido en un artículo que escribí en 1853 en *El Gorro de la Libertad;* ahí están los argumentos irrefutables de mi tesis. La cámara única, señores, no hay nada mejor; ¡basta el buen sentido para comprender que dos cámaras es el absurdo, señor! Una está en contra de la otra siempre, y ¿cómo gobernar cuando dos fuerzas iguales se chocan? El axioma físico es que dos fuerzas iguales se destruyen... ¡y la física tiene leyes análogas a la política! ¡No hay gobierno posible así! ¡La cámara única es lo más sencillo, lo más expeditivo y lo más cómodo!...

—Pero los ingleses, señor doctor, tienen dos cámaras —observó uno de los circunstantes.

—Permítame, señor; la Inglaterra es un país extravagante, de clima diferente al nuestro, y se explica el error allí. Pero nosotros tenemos un clima ardiente y es un peligro grave prodigar las fuerzas y el número de las asambleas parlamentarias en la República Argentina. Eso es lo que nos lleva siempre a las oposiciones tenaces. Nuestro partido perderá el gobierno por eso, señores; por extender el número de las asambleas. Con una cámara única de veinticinco amigos no seremos vencidos. Yo se lo he dicho siempre al general: "No le haga caso a don Benjamín Boston; mire que don Benjamín es de origen norteamericano, mientras que nosotros debemos seguir la escuela política de Rivadavia[25]. Don Benjamín es orador muy elocuente, pero no tiene una cabeza política ni previsora: tiene demasiados libros para ser buen gobernante y jamás ha escrito en un diario". ¡Pero no se me hizo caso, señor, y ya verán ustedes los resultados!

—¡Cuánto me alegro, doctor Trevexo, de que Ramón oiga lo que usted dice! ¡Cuánta razón tiene usted! Figúrese usted que mi marido se empeñaba en llenarle la cabeza de librajos a su sobrino y enseñarle idiomas, y qué sé yo qué otras cosas... ¿Para qué?...

—Todo eso no sirve para nada, señora. Enséñele usted a leer y a escribir y deje usted al talento que se revele solo. Repito a usted que en este país los hombres no necesitan estudiar nada para llegar a los altos puestos.

"¿No me ve usted a mí? "Acostumbre usted al niño que lea los diarios y a que guarde recortes de los artículos que le interesen. A los veinte años sabrá más que toda su generación."

—Pero ya ve usted, doctor Trevexo, que el general no debe ser de su opinión; pocos hombres tienen más libros y papeles que él; un día que tuve el alto honor de verlo en su casa, salí pasmado de la copiosidad de su biblioteca.

25    *Rivadavia*: (Bernardino, 1780-1845): político argentino secretario del primer Triunvirato (1811), fue encargado de la primera embajada a España después de la Guerra de Independencia. Elegido como primer presidente de la República en 1826 pese a su gestión progresista dimitió después de tres años. Exiliado en Brasil y, más adelante, en Cádiz, España donde falleció.

—A eso iba, ¡eh!, eso iba a contestarle: es que usted ha conocido al general en su mala época; desde que ha empezado a estudiar ha empezado a degenerar, ha perdido el brillo de su palabra y la espontaneidad de su espíritu y se ha envejecido.

—Lo que usted oye: don Buenaventura se ha hecho un indiferente criminal desde que se le ha ocurrido instruirse. ¿Quién me lo negará? Todo su talento improvisador se le ha apagado. ¡Qué diferencia del general de hoy al de otros tiempos; qué improvisaciones las de entonces, qué discursos, qué proclamas, qué artículos!

—¡Y qué versos! –agregó mi tío Ramón lleno de buena fe, con el ánimo de cooperar al elogio.

—¡No!, los versos no han sido nunca gran cosa –contestó el doctor con impaciencia.

—¡Oh!, perdone, doctor, y ¿ *El Matrero y el Mendigo* ? –agregó mi tía.

— ¡Psch!, así, así... ¡No!, los versos no son su fuerte. Pero los discursos, las proclamas; aquel discurso contra los ministros de Urquiza...

—¡Ah, sí! cuando les ofrecía echar las puertas de los ministerios a cañonazos a aquellos bandidos –rompió mi tía electrizada.

—Eso es, eso es, y aquella proclama al pueblo de Buenos Aires: "Os devuelvo intactas..."

—No, intactas no; la proclama decía "casi intactas".

—Bueno, es lo mismo. ¡Qué bellas frases, qué verdades de a puño! ¡Ah, qué tiempos, doctor! Esos eran tiempos de entusiasmo. Sí, cada vez que me acuerdo de lo que era Buenos Aires el año pasado no más, me convenzo de que las porteñas [26] ya no somos lo que éramos; ¡qué unión! ¿Quién se atrevía a hablar en contra nuestra? No había sino un hombre, un solo hombre y ese hombre era él.

—¿Y se acuerda usted de la discusión del acuerdo, doctor?

—¡Cómo no, misia [27] Medea!

—Entonces, sí, había decisión popular; las injurias y denuestos que vomitaron los enemigos de Buenos Aires; ¡aquellos bandidos!, las pagaron caras. ¡Qué barra, qué barra lucida y resuelta; cómo silbaba a los traidores y cómo aplaudía a aquellos patriotas!

—Yo tengo presente ese día –observó uno de los personajes que allí estaban.

—¿Es cierto, señor don Pancho, que usted estaba allí? –contestó el doctor Trevexo.

—¡Cómo no! Yo capitaneaba el grupo principal.

—¿El de los tenderos patriotas, no?

—Precisamente; nos habíamos reunido la noche anterior en mi tienda toda la crema de la calle del Perú; Tobías Labao, Narciso Bringas, Policarpo Amador, Hermenegildo Palenque: la flor del mostrador, que durante la ti-

26 *Porteñas*: oriundas de la ciudad de Buenos Aires (que tenía la exclusividad del puerto durante el virreinato y hasta 1860)
27 *Misia*: tratamiento que se daba a una señora casada o viuda; proviene de "mi señora"

ranía de Rosas había estado metida en un zapato, y nos fuimos a la barra. Cuando hablaba don Buenaventura, lo saludábamos con una lluvia de aplausos, y cuando los urquicistas pedían la palabra, se armaba la gorda[28].

—Pero hubo algunos muy insolentes, ¿no?

—¡Cómo no! y nos insultaron; pero Buenos Aires triunfó y nos libramos de Urquiza.

—Y de los provincianos para siempre. Porque allí se salvó Buenos Aires, y si no hubiéramos triunfado allí, hoy estaríamos conquistados y perdidos, señor don Pancho –dijo mi tía exaltadísima, devolviendo el mate a la mulatilla después de hacerlo roncar con una chupada postrimera llena de vigor, que aplicó a la bombilla.

La conversación había llegado a esta altura, cuando los sirvientes anunciaron a varios caballeros que acababan de llegar. Los recientemente llegados eran siete u ocho personas.

Cambiados los saludos de orden y algunas palabras de etiqueta sobre la salud de las familias respectivas, los circunstantes ocuparon sus asientos alrededor del salón.

El doctor Trevexo se sentó en el sofá, al lado de dos caballeros, uno muy flaco y el otro sumamente grueso.

El flaco era un hombre alto, con una cabeza diminuta. Entre las cejas y el pelo tenía una faja blanca que le servía de frente; la boca era hundida como la de un cráneo, la nariz de un atrevimiento procaz [29], no por la enormidad del tamaño, sino por su afligente exigüidad[30], y sobre todo, por la insolencia con que la naturaleza la había respingado para presentar al espectador sus dos ventanas, como el hocico de un *crack*[31] que olfatea el aire. El gesto peculiar de aquel hombre me sugería la idea de un ser que vive aspirando un mal olor constante a su alrededor. Su rostro era una mueca perpetua contra los miasmas[32], que se exageraba de una manera alarmante cuando él tenía la pretensión de sonreírse. Los brazos eran tan largos como las piernas, el pecho era hundido, la espalda escasa, las orejas parecían dos conchas de ostras y el pescuezo, sumamente corto para su altura, desaparecía entre la cabeza y el cuerpo, dándole el aspecto de esas garzas que, para dormitar al sol sobre las aguas estancadas y verdinegras de nuestras lagunas, enroscan sus pescuezos longitudinales, tomando la actitud más formal y venerable que es capaz de tomar un pájaro.

El otro caballero era lo que se llama un hombre de peso. Si su vecino del sofá pecaba por su figura angulosa y rigurosamente lineal, éste pecaba por la

---

28  *Se arma la gorda*: hecho ruidoso o de mucha trascendencia, proviene de como preanunciaba la opinión pública a la Revolución Unionista de Septiembre de 1868, a causa de la cual la reina Isabel II de España se vio forzada a abandonar el poder. El pronunciamiento militar de Juan Bautista Topete y Carballo y de Primo de Rivera se autodenominó La Gloriosa, pero el mote de la Gorda quedó incorporado al habla popular

29  *Procaz* (del latín *procax*, "que pide descaradamente") insolente, desvergonzado.

30  *Exigüidad*: pequeñez, de exiguo, pequeño, escaso

31  *Crack*: (ingl.) de habilidad superior; caballo de carrera muy ganador

32  *Miasmas*: emanaciones malsanas que se desprenden de los cuerpos en descomposición

prodigalidad chacotona[33] con que la naturaleza había empleado las líneas curvas para diseñarlo. La cabeza grande, y aunque vulgar por la vertiginosa rapidez con que descendía hasta la frente, exhibía un rostro lleno de majestad y de satisfecha suficiencia.

El abdomen, ampliamente pronunciado, lo era bastante para poner en conflicto la resistencia pertinaz de las abotonaduras del chaleco y del pantalón, a las que estaba confiada la solemne misión de contener sus formas. La fisonomía tenía grandes pretensiones a la formalidad; pero yo no sé qué diablos había en aquella cara de luna llena, que me hacía verla en menguante, a pesar de su redondez. Las piernas eran diminutas, pero morrudas[34], el pie pequeño pero ancho; la cara completamente afeitada y una nariz invasora que hacía contraste con el recogimiento desdeñoso de la del señor flaco que se sentaba a su lado.

—Señores –dijo el doctor Trevexo–, ya estamos en *quorum* y es menester que comencemos. ¿Quiere usted presidir, señor don Ramón?

Mi tío, que permanecía de espectador pasivo, salió de su letargo, y algo cortado, puso una cara de signo interrogante que descubría toda su indecisión para desempeñar el alto y difícil cargo que se le proponía. Mi tía le tiraba de la levita y le decía en voz baja pero resuelta:

—No, Ramón, guárdate bien de meterte en lo que no sabes.

Mi tío tragaba saliva y guardaba silencio como un hombre que no sabe qué partido tomar. Por último rompió...

—Doctor, si yo no tengo el hábito de estas cosas... No me es posible...

—Presida usted, entonces, doctor Trevexo –dijo el señor gordo–. ¿No le parece a usted, señor don Juan? –agregó dirigiéndose al caballero flaco y ñato que había entrado con él.

Este hizo una solemne inclinación de cabeza que significaba un signo de aprobación, y volvió a levantar su cara chata a tanta altura, que pude verle las ventanas de la nariz en toda su siniestra lobreguez.

—Bien, que presida el doctor Trevexo –agregaron varios concurrentes.

El protagonista de aquella reunión política no se hizo rogar más. El asiento central del sofá del salón fue desalojado para el presidente.

Este se sentó, sacó del bolsillo inferior de su levita unos papeles, los desdobló y los puso sobre sus rodillas; se sonó en seguida estruendosamente la nariz por dos o tres veces, dobló su pañuelo con una sola mano alrededor del puño y lo depositó en su bolsillo, como un hombre habituado a todas esas añagazas[35] y posturas preliminares de los discursos.

—Señores, –dijo–, estamos empeñados en una lucha homérica; de esta lucha resultará el *ser o no ser* para nuestro partido. Aquí no estamos todos, pero no convendría que lo estuviéramos. Una cosa son las reuniones populares de los teatros y de las calles, otra cosa deben ser los actos de la dirección y de la marcha de nuestro partido: una cosa son las batallas en las guerrillas, en las

---

33  *Chacotona*: bullanguera, alegre y bromista
34  *Morrudas*: (arg.) musculosas, redondas, bajas y anchas
35  *Añagazas*: artificios para atraer con engaño

cargas y en los entreveros, y otra cosa son las batallas en el cuartel general. El elector, el club parroquial, pueden ir valientemente al atrio a votar, porque no tienen responsabilidades; el soldado muere en el asalto, en la lucha cuerpo a cuerpo; la metralla lo quema y lo despedaza, pero muere sin responsabilidad. La responsabilidad de las grandes luchas electorales, como de las grandes acciones de guerra, está en los generales: el soldado no muere sino materialmente, de un bayonetazo, de un tiro de fusil, de una bala de cañón, de hambre y de sed; pero el descalabro[36] de una campaña política o militar es la muerte moral de los jefes y la muerte moral de las cabezas es la muerte del espíritu dentro del cuerpo vivo: una especie de embalsamamiento inconsciente.

"Tratamos, señores, de formar una lista de diputados. Nada más prudente que confiar su elaboración a las corrientes encontradas del pueblo –continuaba el doctor Trevexo sin escupir–. "El Estado soy yo" decía Luis XIV[37]. La forma democrática se inspira en el derecho natural. En la tribu los más fuertes, los más hábiles, asumen la dirección de agrupaciones humanas: el derecho positivo codifica la sanción de las legislaciones inéditas del derecho natural y nosotros exclamamos:"¡El pueblo somos nosotros!"

—¡Muy bien, muy bien, perfectísimamente!, continúe usted, doctor –le interrumpió el señor gordo sin poder contener la ola de entusiasmo.

—Se critica el sufragio universal, pero no se da la razón de su crítica; el error de los que lo combaten acerbamente, consiste en creer que el sufragio universal es el derecho que todos tienen de elegir. ¡Error! ¡Grave error, señores! Si las leyes del Universo están confiadas a una sola voluntad, no se comprende cómo lo universal puede estar confiado a todas las voluntades. El sufragio universal, como todo lo que responde a la *unidad,* como la *Universidad,* bajo el gobierno unipersonal de un rector. ¡ *Unipersonal,* fíjense ustedes bien!, es el voto de uno solo reproducido por todos. En el sufragio universal la ardua misión, el sacrificio, está impuesto a los que lo dirigen, como en la armonía celeste, el sol está encargado de producir la luz y los planetas de rodar y girar alrededor del sol, apareciendo y desapareciendo como cuerpos automáticos sin voz ni voto en las leyes que rigen la armonía de los espacios. Y declaro, señores, que esto último no es mío sino del Divino Maestro.

—¡Pero es admirable! –exclamó el señor gordo.

—¿Entiende usted, misia Medea? –agregó dirigiéndose en voz baja a mi tía.

—No, señor don Higinio, pero yo también lo encuentro admirable como usted.

—¿Qué sería de nosotros, señores, el primer partido de la República, el partido que derrocó a Rosas, que abatió a Urquiza, el partido de Cepeda, esa Platea argentina, en que el Jerjes entrerriano fue vencido por los Alcibíades y los Temístocles porteños, si entregáramos a las muchedumbres el voto po-

36  *Descalabro*: infortunio, daño o pérdida
37  *Luis XIV* (1638-1715): Rey de Francia, conocido como "El Rey Sol". Ejemplo sobresaliente del monarca seguidor de las teorías sobre absolutismo de Juan Bodino y Tomás Hobbes. Bajo su tutela, (y la administración de su ministro de finanzas, Jean Baptiste Colbert) Francia se volvió el país más avanzado y progresista en Europa en términos de arte, literatura, asuntos de guerra y política.

pular? Nosotros somos la clase patricia de este pueblo, nosotros representamos el buen sentido, la experiencia, la fortuna, la gente decente en una palabra. Fuera de nosotros, es la canalla, la plebe, quien impera. Seamos nosotros la cabeza; que el pueblo sea nuestro brazo. Podemos formar la lista con toda libertad y en seguida lanzarla. Todo el partido la acatará; nuestra divisa es *Obediencia:* cúmplase nuestra divisa.

—Yo me he permitido formar un proyecto de lista que someto a la consideración de ustedes, –dijo uno de los presentes, joven de hermoso aspecto, de simpática figura, que hasta entonces había guardado silencio.

—A ver, lea usted –dijo el doctor Trevexo.

El joven leyó su lista en medio del silencio dignísimo de la concurrencia; dos o tres la aprobaron después de leída, pero los demás, suspensos de la fisonomía del doctor Trevexo, que demostraba visible descontento, no articularon una sola palabra de aprobación.

—¿Qué le parece a usted esa lista, señor don Ramón? –dijo don Narciso acercándose al oído de mi tío.

—Muy buena, muy buena –contestó mi tío.

—¡Pues a mí me parece muy mala!

—Y a mí también –agregó don Juan, haciendo el gesto de asco que le era peculiar.

—Cosas de muchachos ambiciosos, de mozalbetes: ¡Miren ustedes, qué atrevimiento! Sólo a la juventud del día puede ocurrírsele tener pretensiones de figurar en las listas de diputados –murmuraba *sotto voce*[38] don Pancho el tendero, asociándose al grupo de los descontentos.

—Señores –dijo en voz alta y varonil el joven que había propuesto la lista–, es necesario llevar fuerzas nuevas a la cámara, y las fuerzas nuevas están en la juventud que ha salido ayer de los claustros universitarios. Yo no tengo las ideas del doctor Trevexo sobre el sufragio universal; somos un partido oligárquico con tendencias aristocráticas, exclusivistas aun dentro de su propio seno, a quien se acusa, y con razón, señores, de gobernar o de querer gobernar siempre con los mismos hombres, y que repudia toda renovación, toda tentativa para recibir hombres nuevos en el grupo de sus directores. Pido que se tome en consideración la lista que he presentado.

El doctor Trevexo, hombre viejo y resabiado en materia de debates agrios, contaba con un rebaño muy dócil para perder tiempo en polémicas apasionadas: había aleccionado a sus adeptos de antemano, y a una seña suya don Juan, con su voz gangosa, dijo:

—Quej sje voote la lijta.

—Señor, no se puede votar todavía, ni hay para qué votar la lista. Se votarán los nombres de los propuestos, uno por uno.

El doctor Trevexo, renovó la seña.

—Quej sje voote la lijta –repitió don Juan.

38 *Sotto voce:* (Ital.) en voz baja

—Señores, si se procede de ese modo, nos retiraremos –replicó el joven con acento resuelto.

—Retíjrese –contestó a su turno don Juan.

El joven y el grupo que lo acompañaba, se retiraron. Los hombres de juicio y de experiencia quedaron dueños del campo. Mi tía supo con indignación que mi tío Ramón había sido el culpable de que aquella juventud atrevida hubiese venido a turbar el orden y la paz octaviana de la reunión. ¡Mi tío Ramón los había invitado! Don Pancho el tendero echaba sapos y culebras contra aquellos osados, y suplicaba al doctor Trevexo que los denunciara al jefe del partido al día siguiente. Don Higinio, como buen estanciero, vecino de campo y de ciudad, renegaba contra la juventud del día y la universidad, madre engendradora de doctores inútiles y de muchachos pillos y botarates. Don Benjamín era felicitado por la manera severa y eficaz con que había enseñado la puerta de la calle a los revoltosos.

Los señores Palenque, don Policarpo Amador, don Narciso Bringas y don Pancho Femández, rodearon al doctor Trevexo y la sesión continuó como si nada hubiese sucedido.

—¡Pero qué atrevimiento, qué osadía! ¡En mi casa, en mi casa, venir a promover semejante escándalo! ¡Y pensar, doctor, que es mi marido quien tiene la culpa de todo! –exclamaba mi tía mirando furibundamente a mi pobre tío, que durante toda la escena anterior se había conducido tan obtusamente, que no supo qué partido tomar con los que se marchaban y con los que se quedaban.

—¡He aquí, señores, he aquí, mis amigos, lo que les decía a ustedes hace un instante sobre la juventud del día! –respondía el doctor Trevexo–. ¡Qué falta de resignación política, qué carencia de sumisión y de respeto demuestran a los designios superiores de la experiencia! ¡Un partido! Un partido es una colectividad cuya primera condición de vida es la obediencia. Y no hay nada más hermoso, nada más eficaz, nada más eficiente, que ver esa gran máquina humana movida por una sola voluntad que hace el sacrificio de su raciocinio en nombre de sus grandes ideas políticas. Ayer nomás lo hemos visto; treinta mil, cuarenta mil almas, cuarenta mil seres racionales, ocupando diez cuadras de la calle Florida, aplaudiendo a una voz, vivando un nombre, obedeciendo una orden; padres, madres, hijos e hijas, ancianos y viejos, lanzados al mar de las pasiones electorales por una sola voz, riendo a una seña, llorando a otra de entusiasmo, marchando en procesión y vivando simultáneamente el adorable nombre de su divino jefe. ¡Eso es partido!

—¡Viva el doctor Trevexo! –exclamó don Juan.

—¡Viva! –exclamaron los demás circunstantes, incluso mi tía Medea que transpiraba de entusiasmo.

—¿Por quién vota usted, señor don Pancho, para primer candidato de la lista?

—Por mi venerado jefe, don Buenaventura.

—¡Y yo también! –dijo don Policarpo Amador, antes de que le tocara el turno para votar.

—¡Y yo! –exclamó don Tobías Labao con la misma anticipación.

—¡Por el mismo! –gritó, sin esperar que le preguntase nada, don Pancho.

—Por don Buenaventura –agregó don Narciso Bringas.

—Ramón también vota por él, doctor Trevexo –dijo mi tía–; apunte, doctor, el voto de Ramón; y ustedes me permiten votar a mí, yo...

—Vote usted, señora, vote usted mil veces; la más poderosa válvula política de nuestro partido es la mujer. Los hombres y las mujeres coexistimos en la plaza pública. Vote usted, señora, imite usted a las matronas espartanas que se arremangaban las túnicas y declamaban en el ágora[39].

—¡Mil votos por mi general!

—Señores, ¿quieren ustedes designar el siguiente candidato? –preguntó el doctor.

—Por el doctor Trevexo, señores. Espero que todos me acompañarán a votar por él –vociferó don Pancho–. Por el doctor Trevexo, por el primer diplomático argentino.

El doctor Trevexo era en este momento objeto de toda mi admiración ¡Con qué modestia aquel gran hombre, aquel espíritu lógico y concienzudo, que acababa de exponer tanta doctrina luminosa, recibía las aclamaciones unánimes de la distinguida sociedad que sabía aquilatar su talento superior!

El doctor Trevexo fue aclamado unánimemente, y con la misma unanimidad, sin que se suscitara divergencia alguna, en una perfecta armonía fueron proclamados candidatos don Benjamín, don Pancho, don Tobías Labao, don Narciso Bringas, don Policarpo Amador y don Hermenegildo Palenque, es decir, todos los concurrentes menos mi tío Ramón.

El doctor Trevexo volvió a guardar los papeles en la levita y se levantó.

—Señora –dijo a mi tía–, pocas veces nos ha costado más trabajo que en esta ocasión formar una lista. Pero estoy contento. El jefe la proclamará mañana, y el partido la recibirá de sus manos consagrada como una bandera de lucha.

—¿Confía usted en la victoria?

—Señora, cuando se dispone, como disponemos nosotros, de las imaginaciones populares, los hombres desaparecen, surgen las muchedumbres: la muchedumbre es como el mar, el viento la agita, la calma, la atempera.

"Mañana nuestros hombres serán aclamados por este pueblo, que es un gran pueblo, porque sabe marchar sin preguntar nunca dónde lo llevan. ¡La victoria será nuestra!"

---

39  *Agora*: plaza pública en las ciudades-estado de la Grecia antigua

# V

¡Oh, mi niñez! Mi niñez fue triste y árida como esos arenales africanos que desde a bordo contemplan por largas horas los viajeros al aproximarse a las costas del Senegal. Tenía doce años y pasaba con razón por un muchacho imbécil: no sabía leer sino silabeando torpemente; las letras, formadas en línea nublaban mis ojos, y al querer mover la lengua para pronunciar las palabras, la sentía amarrada por ligaduras crueles, que me hacían tartamudear y sentir delante de los extraños la herida profunda y venenosa del ridículo. Escribía torpemente y con una ortografía de la más espontánea barbarie. ¡Oh, mis planas! ¡Cuánto me costaba hacerlas y qué mal me salían!

Mi tía Medea no se había preocupado de hacerme enseñar nada. ¿Para qué necesitaba aprender? El doctor Trevexo ya se lo había dicho: "Para ocupar altas posiciones en este país, no se necesita aprender nada". Y tenía razón. Yo me preparaba para las altas posiciones, siguiendo el consejo al pie de la letra.

Mi tío Ramón no se conformaba, sin embargo, con aquel sistema de educación espontánea, y el pobre hombre, en medio de sus devaneos amorosos, solía dedicarme algunos momentos; él me había enseñado a deletrear en los títulos de los diarios y bajo su dirección había aprendido a hacer mis primeros garabatos.

Vivía en el interior de la casa, entre los criados y criadas; su sociedad me encantaba, y sería un ingrato si no recordara con afecto a aquella buena gente con quien pasé los primeros años de mi vida.

Después de la reunión que acabo de describir, la guerra había estallado entre Buenos Aires y la Confederación, y aunque mi propósito no es consagrar muchas páginas a la política, necesito contar la parte que yo tomé en el entusiasmo guerrero de aquellos días.

Ya he dicho hasta qué punto llegaba la exaltación de mi tía, partidaria resuelta de la guerra con toda la buena fe de su alma, creyéndose una matrona griega, hija de la invicta Buenos Aires, de la Atenas del Plata y de quién sé yo qué más.

La batalla de Pavón había tenido lugar el 17 de septiembre de 1861, y la victoria produjo en Buenos Aires un entusiasmo indescriptible.

Desde antes que ella tuviera lugar mi imaginación estaba convulsionada por los cuentos de los sirvientes de mi casa y por las conversaciones animadas de sobremesa que sostenía mi tía con sus relaciones. Yo no pensaba sino en soldados y batallas; tenía cierta disposición genial al dibujo y pasaba las noches dibujando el ejército y la escuadra de Buenos Aires en marcha contra Urquiza; y entre las filas de soldados, sobre un caballo trazado con el más respetuoso cuidado, diseñaba la figura de mi general, ídolo de mis sueños infantiles, especie de Cid fraguado por mi fantasía de niño, caricaturado involuntariamente por mi lápiz torpe, y destinado por la Providencia a aplastar a Urquiza, a quien yo me lo representaba vestido de indio, con plumas en la cabeza, con flechas y un gran facón[40] en la cintura, rodeado por una tribu salvaje que constituía su ejército.

La noche en que se tuvo la noticia de la batalla, mi tía me sacó a caminar, para tomar lenguas, como ella decía.

Las calles estaban cuajadas de gente. Corrían ya los rumores precursores de la gran noticia. Algunos dispersos habían llegado al Pergamino y unos proclamaban resueltamente la victoria, otros dudaban del éxito, y los más tranquilos, manifestaban la vacilación que se experimenta en esos trances.

No era entonces Buenos Aires lo que es ahora. La fisonomía de la calle Perú y la de la Victoria, han cambiado mucho en los veintidós años transcurridos: el *centro* comenzaba en la calle de la Piedad y terminaba en la de Potosí, donde la vanguardia sur de las tiendas estaba representada por el establecimiento del señor Bolar, local de esquina, mostrador democrático al alba, cuando cocineras y patronas madrugadoras acudían al mercado, y burgués, si no aristocrático, entre las siete de la noche y el toque de ánimas[41]. El barrio de las tiendas de tono se prolongaba por la calle de la Victoria hasta la de Esmeralda, y aquellas cinco cuadras, constituían en esa época el *boulevard* de la *façon* [42] de la gran capital.

Las tiendas europeas de hoy, híbridas y raquíticas, sin carácter local, han desterrado la tienda porteña de aquella época, de mostrador corrido y gato blanco formal sentado sobre él a guisa de esfinge. ¡Oh, qué tiendas aquellas! Me parece que veo sus puertas sin vidrieras, tapizadas con los últimos percales recibidos, cuyas piezas avanzaban dos o tres metros al exterior sobre la pared de la calle; y entre las piezas de percal, la pieza de pekín lustroso de medio ancho, clavada también en el muro, inflándose con el viento y lista para que la mano de la marchanta [43] conocedora apreciase la calidad del género entre el índice y el pulgar, sin obligación de penetrar a la tienda.

Aquella era buena fe comercial y no la de hoy, en que la enorme vidriera engolosina los ojos sin satisfacer las exigencias del tacto que reclamaban nuestras madres con un derecho indiscutible.

40   *Facón*: cuchillo de hoja muy larga, filo de un lado y pequeño contrafilo en la iniciación del lomo, era arma de combate; entre la hoja y la empuñadura solía tener un travesaño de metal que defendía la mano.  En la región del Río de la Plata se consideraba parte de la indumentaria normal del gaucho

41   *Toque de ánimas*: toque de campana llamando a la oración de la noche (9 PM)

42   *Boulevard…façon*: (fr.) bulevar de moda

43   *Marchanta*: parroquiana, persona que acostumbra comprar habitualmente en una tienda

¡Y qué mozos! ¡Qué vendedores los de las tiendas de entonces! Cuán lejos están los tenderos franceses y españoles de hoy de tener la alcurnia y los méritos sociales de aquella juventud dorada, hija de la tierra, último vástago del aristocrático comercio al menudeo de la colonia. No pasaba una señora ni una niña por la calle sin tributar los más afectuosos saludos a la rueda de contertulianos sentados cómodamente en sillas colocadas en la calle y presididos por el dueño del establecimiento. Y cuando las lindas transeúntes penetraban a la tienda, el dueño dejaba a sus amigos, saludaba a sus clientas con un efusivo apretón de manos, preguntaba a la mamá *por ese caballero,* echaba algunos requiebros de buen tono a las señoritas, tomaba el mate de manos del *cadete*[44] y lo ofrecía a las señoras con la más exquisita amabilidad; y sólo después de haber cumplido con todas las reglas de este prefacio de la galantería, entraban clientas y tenderos a tratar de la ardua cuestión de los negocios.

Había siempre en las tiendas de antaño un olor inextinguible a tripe[45], porque nunca faltaban cuatro o seis grandes cilindros de tripe inglés formados a la entrada de la casa que, a su calidad de mercadería de fondo, reunían la ventaja accesoria de servir de poyos para sentarse, a los tertulianos habituales del establecimiento. Y después, los mostradores estaban alfombrados con tripes representando todo un jardín zoológico de fieras estampadas, tigres, panteras, gatos monteses y leones rubicundos, reposados majestuosamente sobre paisajes historiados de selvas de lana con que las fábricas de Manchester reemplazaban en nuestras mansiones aristocráticas de entonces la carencia de Aubusson[46] y de gobelinos.

¡Qué agilidad aquella con la que el patrón, apoyándose sobre la mano izquierda, saltaba el mostrador! Qué gracia con la que desplegaba ante los ojos de los clientes, de un golpe, y como un prestidigitador, la pieza de percal, de muselina o de *barège*[47] envuelta alrededor de la tablilla que quedaba desnuda de su preciosa mercancía abandonada indiferentemente sobre el mostrador. Qué elasticidad de movimientos, qué vertiginosa rapidez, la que el tendero de aquel tiempo desplegaba para medir sobre la vara, el lote vendido, dejándolo amontonarse ampulosamente sobre el mostrador con elegante negligencia, acariciando el género con los dedos, llevándolo a los ojos de la compradora, poniéndoselo en la mano, refregándolo para justificar la falta absoluta de goma y otras añagazas de fábrica, y hasta trayendo el único vaso de la trastienda lleno de agua para ensopar en él el extremo de la pieza de muselina y justificar la tinta indeleble de la tela.

No había marchanta que resistiera a las gracias, al donaire y a la fuerza de las evoluciones de aquellos hechiceros.

Pero éstos eran los tenderos *dandys;* había además los tenderos sirenas, llamados así porque su cuerpo estaba dividido por la línea del mostrador como el de la encantadora deidad de los mares está dividido por la línea del agua.

El tendero sirena era ser humano desde la cabeza hasta el estómago y pes-

44  *Cadete*: ayudante para trabajos menores, generalmente joven
45  *Tripe*: tela de lana parecida al terciopelo
46  *Aubusson*: manufactureras francesas de tapices célebres desde el Siglo XV
47  *Barège*: tela ordinaria de lino, originalmente de la ciudad francesa homónima

cado desde el estómago hasta los pies. De busto correcto, su medio cuerpo no dejaba nada que desear desde el punto de vista de la elegancia; desde la parte exterior del mostrador el parroquiano no tenía nada que observar, pero la sirena, no podía salir del mostrador sin peligro, porque, como ese era su elemento, si lo abandonaba mostraba por fuerza la cola indecorosa: el tendero sirena usaba levita de faldón largo para economizarse el uso de los pantalones, y zapatillas para ahorrarse las incomodidades del calzado; de modo que el mostrador servía para cubrir la parte menos bella pero no por eso menos interesante de la estatua.

Entre los príncipes del mostrador porteño, el más célebre sin disputa, era don Narciso Bringas: gran tendero, gran patriota, nacido en el barrio de San Telmo, pero adoptado por la calle del Perú como el rey del mostrador. No había mostrador como el de aquel porteño: todo el barrio junto no era capaz de desdoblar una pieza de madapolán[48] y de volverla a doblar como don Narciso; y si la pirámide misma le hubiera querido disputar su amor a Buenos Aires, a la pirámide misma le habría disputado ese derecho.

Lo tengo tan presente, que si fuera pintor podría hacer su retrato de memoria y con los ojos cerrados: petisón[49], piernas cortas, movible como una ardilla, muy cabezón, largos cabellos ensortijados y una frente ancha y espaciosa que revelaba todos sus talentos. Sus manos parecían alas, sus ojos luciérnagas, su voz meliflua e insinuante atraía simpáticamente y tenía un vocabulario propio, que el mismo Molière habría envidiado para dotar con él a las mujeres sabias.

Gran patriota, había tomado parte en la revolución de septiembre y en Cepeda, cuyos episodios narraba noche a noche explicando las causas más remotas del desastre con razones convincentes. Pero, si en medio de la narración alguna dama del gran mundo, y sobre todo de la gran política, penetraba en la tienda, don Narciso abandonaba la tertulia, saltaba el mostrador, mandaba alinearse a los dependientes desde el principal hasta el cadete, y comenzaba la batalla de los trapos con una serie de operaciones estratégicas que lo conducían indefectiblemente a la victoria por una combinación de procedimientos tan lógica como la que empleara Napoleón en sus campañas.

Cuando logré conocerlo a fondo, me convencí de lo mucho que valía. Tenía entre sus variadísimos talentos el de afinarse a las condiciones del marchante, ni más ni menos que como se afina un violín a la nota que da el director de orquesta. Don Narciso subía o bajaba el tono según la jerarquía de la parroquiana: dominaba toda la escala; poseía toda la preciosidad del lenguaje culto de la época y daba el *do* de pecho con una dama para dar el *sí* con una cocinera.

Los tratamientos variaban para él según las horas y las personas. Por la mañana se permitía tutear sin pudor a la parda[50] o china[51] criolla que volvía del mercado y entraba en su tienda. Si la clienta era hija del país, la trataba

48  *Madapolán*: tela de algodón, especie de percal blanco de buena calidad
49  *Petisón*: forma del término rioplatense *petiso* que significa de baja estatura
50  *Parda*: o zamba, mestizaje de negro con india
51  *China*: de la lengua Moche mujer joven . En el habla del Runa Simi (Quechua) significó hembra; (argentinismo) mujer morena y de cutis cetrino

llanamente de hija; hija por arriba e hija por abajo. Si él distinguía que era vasca, francesa, italiana, extranjera, en fin, iniciaba la rebaja, el último precio, el "se lo doy por lo que me cuesta", por el tratamiento de madamita. ¡Oh!, ese madamita lanzado entre 7 y 8 de la mañana, con algunas cuantas palabras de imitación de francés que él sabía balbucir, era irresistible.

Durante el día, los tratamientos variaban entre hija e hijita, entre tú y usted, entre madamita y madama, según la edad de la gringa[52], como él la llamaba cuando la compradora no caía en sus redes.

A esas horas del día la *toilette* de don Narciso era negligente; pero daban las cuatro, y, no bien había entrado el gallego cotidiano con las viandas, don Narciso se engolfaba en los antros profundos de la trastienda, sacaba del interior del mostrador un pan de jabón de España, se lavaba con él, en un lavatorio cojo de hierro con pies de sátiro, y a la luz de un cabo de vela, se acariciaba el cuello y la pechera de la camisa para quitarles el aspecto marchito que la labor del día les había impreso; tomaba el peine desdentado de su uso y se peinaba sin agregar otra pomada a sus ensortijados cabellos que un poco de goma de membrillo elaborada por él mismo para su uso particular.

Aderezado de esa manera, ahorcábase en sus cuellos a la *degollée,* muy en moda entonces, y con una corbata con los colores de la patria; comía en un verbo[53], hacía comer a los muchachos, y en cinco minutos ocupaba majestuosamente su trono en el primer extremo del mostrador, campo de sus hazañas, donde, apoyado con toda la elegancia de que era capaz, pasaba la hora estéril del crepúsculo hasta que la noche llegaba y la *high–life* de aquella época entraba a disputarse las novedades de lo de Bringas.

Mi tía Medea era gran parroquiana de lo de don Narciso y tenía esa inclinación garrulera [54], común en ciertas señoras, de departir con el tendero todas las novedades de la crónica del día.

Aquella noche no se hablaba sino de política, y solamente los que hemos vivido bajo la atmósfera caliente del Buenos Aires de entonces, podemos apreciar la importancia que tenían las pláticas de los mostradores de la calle del Perú y de la calle de la Victoria, y la concordancia de miras sociales y politiqueras que existía entre don Narciso Bringas y mi tía doña Medea Berrotarán.

Era natural, pues, que aquella noche mi tía se dirigiera a lo de Bringas.

—¡Viva la patria! –exclamó don Narciso al vernos entrar.

—¡Viva! –repitió mi tía–; supongo que usted me anuncia el triunfo, don Narciso.

—El triunfo más completo, señora: Urquiza ha sido completamente derrotado, y todo su ejército muerto o prisionero; la guardia nacional de Buenos Aires se ha batido de guante blanco, Jouvin [55] legítimo. Yo sólo he vendido doscientos pares de tirita.

52  *Gringo*: término rioplatense –ligeramente despectivo– utilizado para designar al extranjero, generalmente de origen europeo (el término yanky para designar al norteamericano es de aparición muy posterior)

53  *en un verbo*: hacer una cosa rápidamente

54  *Garrulera*: *gárrula*, habladora de necesedades, parlanchina

55  *Jouvin*: por Xavier Jouvin, quien en 1838 inventó un método de estandarización de medidas y corte de guantes que luego fue utilizado por las fábricas más prestigiosas de la ciudad de Grenoble como Vallier, Buscarlet y Fischl.

—Una ballenera [56] que ha llegado de Zárate, ha traído la noticia de que Urquiza ha sido hecho prisionero –agregó uno de los que estaban en la tienda.

—¿Será posible? –exclamó mi tía.

—Sí ha de ser, señora, no le quepa duda; si la mozada que iba en el ejército, era de mi flor [57].

En ese momento se oyeron las detonaciones de algunos cohetes que estallaban a no muy larga distancia.

—¡Cohetes! –exclamó don Narciso–, ¡boletín, ése es boletín! Vaya, Caparrosa –agregó dirigiéndose al muchacho cadete de la tienda–, vaya y compre el boletín de un salto, y véngase volando.

El cadete, que estaba detrás del mostrador, dio un brinco como un gamo[58], salvó la valla y tomó la calle por suya en dirección a la imprenta en donde reventaban los cohetes sin cesar.

Al mismo tiempo, un tropel de gente se dirigía a la calle Victoria, donde se aglomeraba la muchedumbre que esperaba la noticia.

Mi tía tomó asiento en lo de Bringas con el fin de esperar el anhelado boletín, y como el cadete que había ido en su busca tardase demasiado, don Narciso despachó otro dependiente más, y detrás de él salieron tres o cuatro parroquianos, cuya impaciencia por conocer las nuevas no les permitía esperar. Mi tía, que no era mujer de esperar, se puso también en marcha hasta la bocacalle y me arrastró consigo.

En una vieja casa de la vereda norte de la cuadra de Victoria entre Bolívar y Perú se agolpaba la muchedumbre, y de cuando en cuando un cohete volador que partía desde el interior de la casa, atronaba los aires.

Mi tía pujaba por abrirse paso, haciendo esfuerzos inauditos para conservar la manteleta sobre los hombros. En la puerta de la imprenta un joven de veintidós años, más o menos, parado sobre una mesa que interceptaba completamente el zaguán de entrada, repartía con dos o tres hombres el boletín de noticias que acababa de imprimirse, y contestaba vivamente a las diferentes preguntas que le hacían los parroquianos con una vocecita tiple y chillona, que en vano se esforzaba por hacer varonil.

Los compradores que conseguían obtener su boletín, salían corriendo después de haber luchado por romper la verdadera muralla humana que cerraba la calle.

Mi tía se engolfaba cada vez más en el pelotón de gente aglomerada. Caparrosa, el cadete de Bringas, un galleguito ladino[59] y vivaracho, había conseguido treparse en una reja, y enfilando casi por una tangente al joven que vendía los boletines en la entrada, le gritaba:

—A mí, don Jacinto, a mí; me manda don Narciso ¡Eh, don Jacinto, eh,

---

56    *Ballenera*: embarcación pequeña cuyo casco está construido en "tingladillo" (con las maderas del forro superpuestas), de líneas afinadas a proa y popa, a remos y dos palos con aparejo cangreja además de uno o dos foques a proa.

57    *De mi flor*: inmejorable, excelente

58    *Gamo* (*Dama dama*) ungulado de la familia de los cérvidos, más chico que un venado

59    *Ladino*: sagaz, astuto

don Jacinto, don Jacinto, soy el cadete de lo de Bringas! Uno para mí, aquí tiene el peso –y mostraba el billete hecho pelotón entre los dedos.

El interpelado, después de mucho rato, y aturdido probablemente por los gritos de Caparrosa, lo vio al fin trepado en la ventana y metiendo apenas la cabeza en dirección al zaguán y arrugando el boletín para tirárselo, le gritó:

—¡Largá el peso!

—¡Ahí va, don Jacinto, ahí va, agárrelo, ahí va! –y Caparrosa tiró su peso con tal maestría, que don Jacinto lo cazó en el aire, ni más ni menos que un gato caza una mosca al vuelo.

Caparrosa tomó el boletín y trató de descolgarse de la ventana; pero mi tía, que ya había conseguido abrirse una brecha y tomar posiciones, le gritaba:

—No te bajes, muchacho, no te bajes, cómprame a mí otro, espera –y diciendo y haciendo, forcejeaba su ridículo que se obstinaba en no abrirse, hasta que, después de mucho forcejear, pescó un peso, y estirando todo cuanto le fue posible el brazo derecho, lo alcanzó a Caparrosa que continuaba trepado en la ventana.

—Otro, don Jacinto, otro boletín para la señora de Berrotarán: ¡Psht, psht, don Jacinto! ¡Otro boletín! –seguía gritando y accionando Caparrosa con la única mano libre que le quedaba en su envidiable posición de la reja.

—Largá el peso –volvió a contestar don Jacinto.

—Ahí va, ahí va el peso, barájelo –y Caparrosa tiró el peso, y don Jacinto lo volvió a cazar en el aire.

Caparrosa se descolgó por fin de la reja con sus boletines, y junto con él, mi tía y yo comenzamos a forcejear para abrirnos paso a través de la multitud.

Al cabo de unos minutos salía mi tía bañada en sudor de aquel combate; y acomodándose la gorra sobre los *bandeau,* entraba triunfante en lo de Bringas con un boletín en la mano.

—¡Triunfo completo; aquí está, véalo, léalo usted! –Don Narciso tomó el boletín, mi tía se sentó en una silla y los demás circunstantes rodearon al lector. Don Narciso leyó con voz conmovida. La victoria era completa. A la lectura de cada nombre de guerrero, las exclamaciones de júbilo de los oyentes interrumpían al lector.

De repente, la frente de don Narciso se nubla, mira a mi tía, mira a los demás circunstantes, levanta al cielo sus ojos y, con la voz más quejumbrosa y desgarrante, exclama:

—¡El Conde romano, muerto!

—¿El Conde romano? ¿Qué ha leído usted? ¡No puede ser! ¡Debe usted haber leído mal! –exclamaba mi tía sumamente afligida.

—Sí, señora, sí, lea usted, vea: "Tenemos que lamentar por nuestra parte la muerte del joven Conde romano..."

—¡Ah, qué lástima de joven! ¡qué pena, qué dolor! Más de una muchacha se va a morir de tristeza: Joaquinita por ejemplo, la de Alegre, está perdidamente enamorada de él; en cuanto lo veía pasar a caballo, envuelto en su capa gris, aquella muchacha no se podía dominar y salía a la puerta de calle para verlo. ¡Pobre joven!

—Y la de Vargas, Victorita, lo mismo; aquí lo encontró una noche y no le quitaba los ojos –dijo don Narciso.

—¿Y qué será del ejército enemigo? –preguntó uno de los parroquianos.

—Se lo ha llevado el diablo pues; eso no se pregunta.

—Déme mi boletín, don Narciso; me voy a casa a darle la noticia a mi marido, que estoy segura de que no sabe nada de lo que ha sucedido.

—Muy buenas noches, misia Medea. Ya sabe que tengo rica cinta celeste y blanca, y coco con los colores de la patria para que usted se sirva cuando regrese el ejército de campaña. Como usted ha de adornar su frente...

—¡De seguro! con usted y con toda su tienda cuento... ¡Ah! la muerte del Conde romano no me permite gozar de la noticia por completo.

—Vamos, vamos, Julio –y mi tía me indicó el camino para salir.

—¿Y este niño es de usted? –preguntó uno de los visitantes.

—No, señor, yo no he tenido nunca hijos; este muchacho es un sobrino de mi marido, hijo de Tomás, que murió hace tiempo.

—¿Qué Tomás? –preguntó a media voz el interpelante a don Narciso, sin que mi tía pudiese oírlo.

—Don Tomás Rolaz, hermano de don Ramón, aquel empleado de la contaduría... ¿no se acuerda usted, hombre?

—¡Ah! sí, ¿uno muy urquicista?

—El mismo.

—¡Ah! Adiós, amiguito –me dijo el señor curioso, que tanto se interesaba por saber de mí, tomándome del brazo y deteniéndome mientras mi tía ya pisaba la calle–; adiós... Cuatro balas merecía éste como el padre –agregó en el mismo umbral de la puerta, frunciendo el gesto.

Yo me escurrí y me prendí del brazo de mi tía, llevando impresa la fisonomía de aquel señor, en quien había tenido la desgracia de levantar tanto odio y tanta pasión de venganza.

# VI

Cuando llegamos a casa, mi tío, contra todos los cálculos de mi tía Medea, ya sabía la noticia de la batalla.

La casa estaba llena de gente, como de costumbre. Se repetían los comentarios que habíamos oído en lo de Bringas; la muerte del Conde romano producía entre las visitas extensas lamentaciones y tremendas protestas contra los cobardes enemigos.

Mi tía contó cómo había conseguido comprar uno de los primeros boletines.

A cada momento entraban sirvientes trayendo recados para ella: el doctor Trevexo la había mandado felicitar; los ministros habían hecho otro tanto; el señor Amador y el señor Palenque habían venido a hacerlo en persona. Mi tía rebosaba de orgullo y de entusiasmo.

Yo me retiré poco a poco de la sala y me fui en busca de los sirvientes que departían el mismo tema en las habitaciones interiores de la casa; las mulatas y negras de la servidumbre cotorreaban[60] a destajo sobre política.

Solamente mi buen compañero Alejandro, un mulato que había estado al servicio de mi padre, guardaba silencio y mostrábase taciturno ante el alborozo de los demás.

Yo adoraba a Alejandro; tenía por él una profunda admiración; era el único en la casa que le hacía frente a la tigra, como él llamaba a mi tía. Era Alejandro un pardo alto, delgadito, enhiesto y flexible como un álamo: tenía la cabeza admirablemente puesta sobre sus hombros; entre los sirvientes tenía vara alta, como se dice; todos le llamaban don, y más de una le hacía ojos tiernos, porque Alejandro era *as* [61] entre la gente de color. Era cochero de mi tía, y cuando Alejandro empuñaba las riendas de la calesa de la señora de Berrotarán, los tordillos [62] negros de mi tía, al tomar el trote largo, eran la pareja más famosa que por aquellos tiempos trotaba en la calle de la Florida y en el camino de Palermo.

Alejandro, del cual yo hacía lo que se me antojaba, no parecía muy satisfecho con las noticias que corrían por la ciudad aquella noche. Yo estaba desvelado con la excitación natural producida por los sucesos, y mi cabeza no pensaba sino en batallas y soldados.

---

60   *Cotorreaban*: del verbo cotorrear, hablar en exceso
61   *As*: persona que sobresale en su ejercicio o profesión
62   *Tordillo negro*: pelaje equino gris muy oscuro matizado de blanco

Conseguí fácilmente que Alejandro me acompañara a mi cuarto: mi tío me había regalado varias cajas de soldados de plomo, entre los cuales figuraba un regimiento de caballería en cuyo jefe yo creía entrever la figura invencible y milagrosa de don Buenaventura, el general y candidato de mi tía. Los detalles del boletín leído en lo de Bringas, me quemaban los sesos. La primera vocación de un muchacho es la guerra: tener un sable, un fusil, un cañón, aunque sean de juguete, generalmente por ahí terminan los hombres entre nosotros. Tener una o varias cajas de soldados, formarlos, hacerme la ilusión de que aquello es un ejército, ese era mi ideal en aquellos días.

Alejandro, que me comprendió, se echó al suelo largo a largo [63] en mi cuarto, encendimos dos velas, las pusimos sobre la alfombra y comenzamos a formar las dos hileras de guerreros de estaño, una frente de la otra. Por demás está decir que en el ejército de Alejandro figuraba la broza [64] de mis cajas de soldados; el enemigo no merecía otra cosa, mientras que en el mío, las filas estaban compuestas por infanterías y caballerías recién salidas de la plomería. Frente a mi línea de batalla, cabalgando en un corcel blanco en actitud de galopar, con elástico y pluma, sable desenvainado, yo había colocado a mi general. A su turno, Alejandro, sirviéndose de un soldadito roto, había puesto el suyo al frente de su línea y para provocarme me decía:

—¡Este es don Justo, mi patrón!

—¡Muera don Justo! –le grité yo, y, sirviéndome del proyectil recíproco, que era una pelota de goma, envié la primera descarga al campo enemigo, consiguiendo derrumbar toda una hilera de la tropa de Alejandro.

—¡Allá va! –me contestó Alejandro; y la pelota entró por mi campo, llevándose el primero por delante a mi invicto general.

Lancé una mirada furibunda a Alejandro por aquella falta de respeto y con toda la energía de mis dedos volví a parar a mi capitán sobre el campo de acción; pero Alejandro, con una pasión pueril y tenacísima, volvió a sembrar la muerte y la desolación en mi campo por medio de un nuevo pelotazo que dirigió contra mi ejército.

—¡Basta! no quiero jugar más –le dije con mal humor–; mira, Alejandro. ¿Conoces la tienda de Bringas? ¿Sabes dónde es?

—Sí, niño ¡cómo no! ¿Por qué me lo pregunta?

—Porque esta noche hemos estado allí, y un señor alto preguntó quién era yo, y al salir, me dijo que yo merecía cuatro balas, como las hubiera merecido papá... ¿Por qué me ha dicho eso ese señor?

—Porque su papá no era como usted, partidario de ese general de estaño que usted quiere tanto.

—¿Y cómo lo es mi tío Ramón?

—¡Bah!, su tío Ramón es un zonzo; ni tiene opinión ni sabe dónde tiene la nariz; le tiembla a la tigra, y a usted le ha dicho eso algún tendero adulón de los de por acá que conoció a su papá.

---

63   *Largo a largo*: completamente extendido
64   *Broza*: aquello que se descarta por inútil o gastado

—Pero ¡qué! ¿papá hizo algún mal a ese señor?

—Ya lo creo, no tenía la misma opinión de él.

—Pues ¿y mi tía?

—Su tía es la que da la voz y el voto aquí, menos a mí, que, al fin y al cabo, uno de estos días le voy a dar un susto haciendo desbocar los caballos y echándola a una zanja por exaltada.

—¿Entonces yo debo pelear contra don Buenaventura?

—¡Pues ya lo creo, y ahí va un pelotazo más!

Y Alejandro acabó de derribar todos los soldados de mi ejército, mientras yo, pensativo, vacilante en la bondad de mi causa, dejaba hacer, sin atreverme a tomar la ofensiva.

Aquella noche me costó dormirme; era día entrado ya cuando me desperté en medio del sobresalto de un sueño en que me veía amarrado a un árbol, y en momentos de ser fusilado por el señor de la tienda.

# VII

Una tarde del mes de enero entró mi tío Ramón a casa con la noticia de que al día siguiente desembarcaría indefectiblemente el ejército vencedor por el muelle de pasajeros. Hacía días que se venía anunciando el regreso de las tropas, y mi tía, cuya casa estaba situada en una de las principales cuadras de la calle de la Victoria, aceptando la oferta de su gran amigo correligionario don Narciso, tenía ocupadas a todas las sirvientas de la casa en coser piezas y piezas de coco blanco y azul para adornar los balcones con ellas y con una gran cantidad de banderas y gallardetes de toda clase que le había prestado, según ella contaba, un comisario de policía, gran amigo suyo.

Mis tíos habían invitado a todas sus relaciones para ver pasar las tropas desde los balcones, y Alejandro, bastante malhumorado por cierto, pasó toda esa tarde y parte de la noche en invitar por recado a todas las amistades de la familia.

Al día siguiente reinaba en la ciudad un inmenso entusiasmo; hombres y mujeres hervían en el puchero porteño, como diría el autor de *El Diablo Cojuelo* [65]. Todas las elegancias, todo el caudal de las modas habían sido reservadas para aquel día. Muchas matronas de peso, que hoy han trepado la cima de los cincuenta, eran criaturas adorables entonces y esperaban con las manos llenas de flores y coronas el desfile de sus guerreros predilectos, hoy maridos vichocos [66] o solterones embalsamados, que purgan el delito de su inconstancia en el Club del Progreso [67] reflexionando sobre una mesa de dominó.

Me habían vestido de nuevo aquel día, y mi tía, que participaba de la alegría general y gozaba por consiguiente de un buen humor excepcional, me había trazado un programa deslumbrador, cuya primera parte consistía en que yo no ocupara un sitio en los balcones, porque no había lugar, en cambio de ir al *Bajo* [68] a ver las tropas con Alejandro y por la noche al teatro con mi

[65]  *El diablo cojuelo*: obra del autor español Luis Vélez de Guevara (1579-1644)
[66]  *Vichoco*: o *bichoco*, caballo viejo o enfermo que no se mueve ágilmente. Por extensión se aplica a las personas
[67]  *Club del Progreso*: club social de gran importancia, fundado en la ciudad de Buenos Aires en 1852 bajo la consigna de "desenvolver el espíritu de asociación, con las reunión diaria de los caballeros más respetables, tanto nacionales como extranjeros...conciliando en lo posible las opiniones políticas por medio de la discusión deliberada, y mancomunar los esfuerzos de todos hacia el progreso moral y material del país"
[68]  *Bajo*: bajo del Retiro, actual Plaza San Martín, donde hubo cuarteles de tropas desde el virreynato hasta 1880

tío. Yo bailaba de júbilo. Ir a la fiesta solo, con Alejandro, era una dicha; el mulato, reacio y voluntarioso, se había obstinado en no salir y, encerrado en su cuarto, se negaba a complacerme; pero fueron tantas mis súplicas y mis empeños, que al cabo cedió, y muy de mañana nos pusimos en marcha para el muelle. La ciudad estaba completamente embanderada; yo seguía absorto de la mano de Alejandro, que, caminando con desdeñosa indiferencia, procuraba quitarle la vereda a todo aquel en quien él creía encontrar un transeúnte alegre. Entramos a la plaza Victoria [69]; frente a la Policía se levantaba un arco adornado con banderas patrias y grandes palmas de sauce llorón. Yo quise ver el arco, como era natural, a pesar de la resistencia de Alejandro.

—Vamos, vamos, llévame –le decía.

—¡Bonita cosa quiere ver!; no pierda el tiempo en ver mamarrachos; vámonos.

Pero tanto hice, que el mulato tuvo que ceder, y llegamos al arco que a mí me pareció colosal.

—Vamos, pues, niño; vamos.

—Aguárdate, vamos a leer lo que dice allí –y yo, que no era muy fuerte para leer de corrido, me puse a deletrear los motes de los bastidores: *Men–gua y bal–dón a los cobar–des que aban–do–na–ron a sus herma–nos en la ho–ra del pe–li–gro.*

—¡Mengua para ellos! –me contestaba Alejandro, taimado.

—Demos vuelta, vamos a ver lo que dice del otro lado del arco.

—Si no debe decir nada –me replicaba Alejandro.

—Sí, sí, vamos –y obligándolo a dar vuelta, me encontré con otro letrero–. ¿No ves, porfiado –le dije–, como aquí también han escrito? ¿A ver lo que dice? –Y después de mucho esfuerzo deletreé: *Se–pul–cro del úl–ti–mo de los ti–ra–nos. Des–truc–ción de los úl–ti–mos res–tos de la maz–orca.*

—¡Ah, perros! ¿Eso han puesto?

—Eso, sí, ¿y qué tiene de malo? ¿Por qué te enojas?

—Porque todo eso es mentira, niño; es puro papel pintado, como todo lo que manda hacer el doctor Trevexo.

—Pues estás equivocado; ese letrero no lo ha puesto el doctor Trevexo, sino mi tía Medea: ella lo escribió el otro día y yo le oí decir que era para que se pusiera en uno de los arcos de la plaza.

—¡Ah, tigra! Sólo ella es capaz de tanta rabia –dijo Alejandro contemplando con ira el arco y levantando el puño en señal de amenaza.

Atravesamos la plaza y descendimos al Bajo por la calle Rivadavia. Una inmensa turba, compuesta de gente de todas menas [70], llenaba la vereda y la calle, y se agolpaba contra la baranda de hierro de la muralla que da sobre el río.

Todos miraban el horizonte. El río estaba en bajante, y mucha gente curiosa ocupaba la playa, donde un enjambre de pilluelos saltaba y retozaba por las toscas [71]. No faltaban personas graves que, armadas de anteojos de teatro,

69　*Plaza Victoria*: hoy Plaza de Mayo
70　*Mena*: circunferencia de un cabo. Metáf. medida
71　*Tosca*: piedra caliza porosa que suele encontrarse en las orillas de ríos y lagunas

escudriñasen el río y consultasen con sus vecinos los puntos más remotos que se dibujaban en el límite del agua con el cielo.

—¿No le parece, señor, que han de venir por allí? –decía un hombre a otro que, valido de un pequeño anteojo de larga vista, interrogaba el horizonte con majestad.

El interpelado no contestaba nada, y parecía resuelto a emplear la más estudiada reserva con su interlocutor, que se mostraba sumamente interesado en trabar relación con él.

—¿Es telescopio ése? –insistió el oficioso.

El dueño del anteojo no contestó nada. Semiavergonzado el preguntón, mirónos a todos los que rodeábamos al señor del anteojo, con cara de cretino como un individuo que se confiesa en una posición falsa.

Pero nuestro hombre no era individuo de ceder a dos tirones y reincidió.

—¿Me quiere dejar mirar un momento?

El dueño del anteojo tampoco contestó esta vez.

—¡Eh, señor! –repitió tocándole tímidamente sobre el brazo–, ¿me quiere dejar mirar?

El del anteojo sacó los ojos del vidrio, dio vuelta para ver quién le hablaba y contestó secamente:

—¡No!

El desairado trató de forjar una sonrisa para disimular.

Entretanto, había ganado posiciones junto a la reja del murallón donde estábamos, una señora gorda, con un peinado de bananas sobre el cual colgaba una mantilla española de chapa, metiendo codo a todos los obstáculos que había encontrado a su paso; la cara, iluminada por una capa de colorete recientemente aplicada, distribuía una sonrisa perenne por todas partes; y metida dentro de un vestido de muaré [72] verde, inflado por un miriñaque [73] movedizo y oscilante, parecía un montgolfier [74] en el momento de elevarse.

Un lunar con pelo en la parte inferior de le cara daba a nuestra recién llegada un aire picaresco de coqueta retirada.

Acompañábanla dos muchachas de aspecto poco distinguido pero llenas de arrumacos y perendengues [75], con unos cuerpos bien trazados, y unos bustos en los cuales la naturaleza o el arte habían abusado con cierta insolencia de una inclinación marcada a la exuberancia. Las dos muchachas, oriundas del barrio de Monserrat [76] seguramente, rayaban en los 20 ó 22 años y penetraron en nuestro grupo, que ya se iba estrechando, metiendo una algarabía

---

72  *Muaré*: o moarés (fr.) moiré) aguas u ondulaciones visuales que producen al reflejo ciertos tejidos de seda

73  *Miriñaque*: especie de refajo hueco, con armadura de alambre, que llevaban las mujeres para ahuecar las faldas

74  *Montgolfier*: aeróstato, por los hermanos Montgolfier, iniciadores de la aviación por medio del globo aerostático

75  *Perendengue*: adorno pendiente de las orejas que se ponen las mujeres, por extensión cualquier otro adorno femenino de poco valor

76  *Montserrat*: barrio poco distinguido en la época del autor. Denominado popularmente como "barrio del Tambor" a causa de su población negra, incluyó hasta 1799 una plaza de toros y una "Calle del Pecado"

inusitada de gritos y risotadas cuyas causas no me podía explicar.

—Mira, mamá –dijo la mayor–, este caballero es tan amable, que te va a dejar mirar por el anteojo.

—¡Por Dios, Raquel!; no molestes a ese señor... ¡qué va a decir de nosotras! –contestaba con un tono de aparente reproche la señora.

—¡Señor, señor!, ¿quiere dejarnos ver por ahí? –insinuó la otra joven.

—¡Ah, no, por Dios, no se incomode usted!... Judit, por Dios, cállate –repetía la madre con un contoneo de cabeza continuo.

El del anteojo continuaba impasible como una estatua, como si nadie le hablase.

—Allá se ve un humo, allá vienen –gritó uno por allí cerca.

La ola humana se agitó y se hizo un remolino; la gente se agrupó en la baranda; todos querían ver. Yo, prendido de Alejandro, trepado sobre sus hombros, dominaba la altura.

—¡Ay, que me arrugan! –gritaba la madre de Raquel y de Judit, sin que el miriñaque la ayudara a subir–. ¡Ay, mi vestido, que me lo estropean todo! ¡No veo a Judit! ¡Judit, Judit, Judiiit!

Judit, que estaba allí cerca, y a quien la madre no podía encontrar, conversaba con un joven de sombrero gacho, levita negra de lustrina y pantalón blanco almidonado, sin guardar distancias, es decir, unida a él por una proximidad inusitada.

—¡Ay, mi hija, mi hija!, ¿dónde está mi hija? ¡Se me ha perdido mi hija! ¡Judit, Judiiit! –exclamaba la señora prolongando el grito.

—Aquí estoy, mamá; no alborote, aquí estoy –contestó por último Judit, haciendo lo posible por soltar la mano de su galán, que retenía con fuerza para que no se marchara.

—No te muevas de acá, bribona; no te me separes. Ven tú también, Raquel. ¡Ay Jesús! ¡bien me decía tu padre!: "No te metas mucho entre la gente con las muchachas, Donata; mira que no faltan atrevidos que las manoseen en los entreveros y que a tí también te han de manosear". ¡Qué gente, por Dios; qué gente! ¡Qué falta de respeto con las señoras! ¡Cuánto mejor no hubiera sido ir a los altos de Colón!...

Pero la muchedumbre en movimiento lo arrastraba todo.

Cargado por Alejandro, que con el brazo libre que le quedaba, se abría paso como un Hércules, avanzábamos a tomar otra posición.

Yo, desde los hombros elevados de mi conductor, veía a la pobre misia Donata y a sus dos bíblicas criaturas, víctimas del pronóstico de su marido y manoseadas por aquella turba indisciplinada, entre la cual había mocitos que le pirateaban[77] las hijas y groseros que le deshacían las bananas [78] y le arrancaban su espléndido vestido color cotorra, admiración suprema del barrio de Monserrat en la misa de una.

—¡Ya han fondeado, ya han fondeado los buques! –gritaban a nuestro al-

---

77　*Pirateaban*: del verbo piratear, robar como lo hacen los piratas
78　*Banana*: disposición del pelo en ciertos peinados muy estructurados

rededor.

—Vea, señor –le decía un negro a un caballero petisón que en vano se empinaba para poder ver–, vea allí, allí –y apuntaba con el dedo índice.

—¿Adónde? ¿adónde? –interrogaba el otro, impaciente, parado sobre la punta de los pies.

—Allí están; ahí ha fondeado el Salto, allí el Pampero y más atrás el Hércules; aquel que viene andando todavía es el Pintos, y los otros dos barcos de la izquierda son de vela, el San Juan Bautista y el Río Bamba.

—¡Che!, y vos cómo sabés los buques –le dijo Alejandro.

—¡Oh!, no ve que soy del Bajo, amigo –contestó el negro–. Mire –agregó–, allá van las falúas[79] a buscar a la oficialidad, y las balleneras para desembarcar la tropa. ¡Bomba! ¡Pas! Ese es el Córdoba que hace salvas.

Y, en efecto, una repentina nube blanca envolvió los costados del barco y el eco del cañonazo se dilató retumbando sordamente por los espacios.

Eran las tres de la tarde de aquel día sofocante; las iglesias echaban a vuelo sus campanas, los cohetes y las bombas estallaban en el aire sin interrupción. A medida que la tropa desembarcaba, los batallones iban formando en el muelle la columna. Mientras esta operación tenía lugar, Alejandro y yo contemplábamos desde lejos, recostados sobre la reja, porque no nos habían dejado pasar de los quioscos, de la entrada para adelante.

En la playa, y al pie mismo del murallón donde nosotros estábamos, varios carreros del Bajo, en traje de fiesta, se habían congregado para oír a dos de ellos que, armado el uno con una guitarra profusamente encintada de blanco y celeste, y el otro con un acordeón, cantaban coplas patrioteras en una de esas tonadas características del compadrito de Buenos Aires.

—¡Que cante el "virola"! [80]–gritaba uno de los oyentes.

—¡Tu madrina! –contestóle el guitarrero, que en efecto tenía los ojos más torcidos que una encrucijada.

—Cantá che lo que has arreglao pa la guardia nacional.

El de la guitarra con el del acordeón atacaron un aire vulgar pero cadencioso, antepasado en línea recta de la milonga del día, y detrás del aire, el "virola" dijo con voz nasal y chocante la siguiente copla:

Nuestra Guardia Nacional
en Cepeda y Pavón,
con bravura sin igual,
se lanzó sobre el cañón
del cobarde federal.

—¡Lindo, don Polibio!, si a carrero y a verseador naide le gana. Hasta a los gringos de las balleneras se les cae la baba cuando canta usted.

Los resuellos chillones del acordeón habrían seguido, junto con los ge-

---

79  *Falúas*: embarcación auxiliar pequeña de remos y vela destinada al uso de jefes o autoridades de puertos.

80  *Virola*: lunfardismo para bizco

midos de la guitarra, si las músicas militares no hubiesen anunciado que la columna, formada ya, se ponía en marcha a lo largo del muelle.

Fue entonces cuando la muchedumbre que obstruía la entrada, arrebatada por una fila de vigilantes armados, encargados de abrir calle, remolineó y retrocedió de espaldas, compacta, hasta apretarse contra las paredes de las casas inmediatas; un tropel de jinetes que venía de la ciudad ocupó el espacio abandonado. Me deslumbraron el oro de los galones, las plumas blancas y azules de los elásticos[81] agitadas por el viento, los colores llamativos de los uniformes. Alejandro me alzó en alto para que pudiera ver bien, pero apenas tuve tiempo de columbrar [82] un elástico cubriendo una larga y abundante melena de guedejas [83] indolentes que caían sobre una frente espaciosa y unos ojos color plomo; todo esto, sostenido sobre un cuerpo que Doré [84] no habría desdeñado para bosquejar un Lafayette [85] en lontananza. Quise ver más, pero los jinetes hicieron caracolear sus caballos; las primeras hileras de la columna aparecieron, y apenas llegó a mi oído el eco de una proclama de acentos olímpicos pero simpáticos que se extinguía en el estruendo unísono de un aplauso tributado por veinte mil manos. Yo aplaudía también y batía palmas.

—¿Por qué aplaude –me dijo Alejandro, de mal humor–, si no oye nada?

—¡Oh! –le contesté–, ¿acaso es necesario entender? ¿Cómo aplauden también todos los demás sin entender?

---

81  *Elástico*: sombrero característico utilizado por los oficiales de la época napoleónica, con el ala plegada sobre la copa a derecha e izquierda, como un bicornio atravesado. Los Brigadieres, en ese entonces de la Provincia de Buenos Aires, debían usar banda azul encarnada y blanca y en el sombrero plumas de los mismos colores.

82  *Columbrar*: divisar desde lejos sin distinguir en detalle.

83  *Guedeja*: mechón de cabello

84  *Doré*: Gustave Doré. (1832-1883) Pintor e ilustrador francés.

85  *Lafayette* (Marie Joseph Paul Yves Roch Gilbert du Motier, Marqués de; 1757-1834): general y político francés conocido por su participación, del lado de las fuerzas independentistas norteamericanos, en la Guerra de la Independencia de América del Norte.

# VIII

Por la noche, mis tíos, como me lo habían prometido, me llevaron al teatro de la Victoria. La compañía de García Delgado cantaba el Himno Nacional y representaba la *Flor de un día*, de Camprodón[86]. ¡Oh, Flor de un día ! ¡Oh, Pavón del teatro dramático español! ¿Por qué mi fantasía excéntrica te ve desaparecer en el pasado, en la misma tumba que tragó los miriñaques y el peinado de bananas?

¿No era Lola la más encantadora y la más romántica de las mujeres? ¿No tenía Diego el contorno poético del amante y el marqués de Montero la estampa grave de un barítono de zarzuela triste?

¿Por qué has de ser un disparate, ¡oh, hija legítima de don Francisco Camprodón!, adoptada por todos los teatros de la América latina? ¡Tú, que has hecho lagrimear un continente entero desde Veracruz hasta Buenos Aires!

¡Tú has muerto con el batón blanco; porque, así como el guante de piel de Suecia, largo y arrugado, sobre el brazo flaco y nervioso de Sarah Bernhardt[87] ha dado su pincelada a Frou–Frou, así el batón blanco, con cinturón celeste, te hizo a ti, hizo a Lola el prototipo de todas las mujeres de tu tiempo! ¡Qué diablo!, ¡tú has tenido también tu lugar en el siglo de *Hernani* ![88]... ¡Presidentes y ministros, generales y grandes abogados de la República Argentina han creído en ti, como la República ha creído en ellos! ¡Tus octosílabos rumorosos agitaron más de una noche el pecho de la virgen y no fue sólo el teatro tu dominio! Fue también la familia, el hogar; porque todo lo invadiste, desde el salón de mi tía Medea hasta la academia de negros y mulatos en que era halcón mi pardo Alejandro. Todavía recuerdo con escándalo el gesto irreverente y volteriano con que el doctor Vélez [89] se burlaba de ti una noche, dando la nota discordante en toda tu generación literaria. Yo sostengo y sostendré siempre que tú has hecho a muchos de nuestros poetas: y bastaría reflexionar un poco para notar que todas las manifestaciones sociales se parecían a ti en aquellos días.

Tus versos llegaron a ser clásicos. Se citaban con gravedad en el editorial por los periodistas contemporáneos y en la Cámara de Diputados por los oradores noveles, con el mismo respeto con que en la restauración se citaban los

---

86  *Camprodón* (Francisco, 1816-1870): dramaturgo español, autor de zarzuelas de mucho éxito
87  *Sarah Bernhardt* (Rosina Bernard, 1844-1923): actriz dramática francesa
88  *Hernani*: obra de teatro en verso del célebre autor francés, Víctor Hugo (1802-1885), puesta en escena en 1830, la cual promovió violentas discusiones entre los partidarios del neoclasicismo y el romanticismo
89  *Vélez*: Dalmacio Vélez Sarsfield (1800-1875), jurista y político argentino, autor del Código Penal y del Código de Comercio de su país

dísticos de Boileau[90]. ¡El día de la patria te pertenecía; te pertenecía el día de toda fiesta nacional! ¡Hasta drama patriótico te había hecho el autor de tus días sin sospecharlo!

Algunas de tus frases, como: "¿Tiene vuestra espada punta?", se consagraron como el *Di quella pira* y el *La donna é mobile*, de Verdi[91]. No había entonces realismo; *mister Pickwick* [92] no había atravesado el Atlántico; estaba en Bath presidiendo su club; *Naná* [93] era un microbio; *D'Artagnan* [94] era catedrático de historia; los Girondinos [95] enseñaban la política. Era la época de las cavatinas [96], cuarteadas [97] con acompañamientos rudimentarios; *Lohengrin* [98] bebía mosela en los vidrios blasonados de Baviera; el Trovador[99] era la ópera con Mirate[100] y Tamberlick[101]; tú eras el drama con la Rodríguez y la Bigones, con Enamorado y Vilardebó. ¡El teatro de la Victoria [102] era tu campo de batalla!

¡Oh, mis buenos y bravos cómicos, aquella noche estaban todos! Mi imaginación los evoca; desfilan como los fantasmas del sueño del pasado y penetran al obscuro y olvidado panteón de las glorias del arte argentino; allí yo les

90  *Boileau*:  Nicolas Boileau-Despreaux (1636-1711), poeta y crítico francés conocido por sus reflexiones sobre la literatura y autor de Sátiras (1666-1711) y Epístolas (1668-1698)

91  *Verdi* : (Giuseppe, 1813-1901) compositor de ópera italiano. Entre sus obras se encuentran Rigoletto (1851), Il Trovatore (1853), La Traviata (1853, La Forza del Destino (1862) y Aida (1871)

92  *Mister Pickwick*: referencia al novelista inglés, Charles Dickens (1812-1870), autor de, entre otras obras, Los papeles póstumos del Club Pickwick (1837), Oliver Twist (1839), Nicolás Nickleby (1839), Cuentos de navidad (1843) y David Copperfield (1850).

93  *Naná*: referencia a la polémica novela del autor naturalista francés, Emile Zola (1840-1902), publicada en 1880

94  *D'Artagnan*: el protagonista de la novela romántica Los tres mosqueteros del autor francés Alexandre Dumas (1802-1870), publicada en 1844

95  *Girondinos*: miembros del partido político fundado durante la Revolución Francesa (1789-1799). Eran republicanos de clase media inspirados por el reciente gobierno de Estados Unidos. Partidarios de la burguesía ilustrada, defendían el sufragio censitario y propugnaban una monarquía constitucional en oposición a propuestas políticas más radicales. Muchos de ellos perecieron, víctimas de la guillotina durante la "época del Terror" en 1793 cuando el gobierno francés quedó en manos de los Jacobinos.

96  *Cavatina*: aria breve de una sola parte. También aria de presentación. En la ópera clásica designa un aria breve que sigue inmediatamente a otra larga cantada por el mismo personaje

97  *Cuarteada*: de cuartear, enganchar un animal o vehículo en dificultades para remolcarlo

98  *Lohengrin*: obra de Richard Wagner (1813-1883), data de 1844 y es reconocida como la cúspide de su carrera operística

99  *Trovador*: ópera de Guiseppe Verdi estrenada en 1853 . Se trata de una historia apasionada que tiene lugar en el norte de España durante el siglo XV

100 *Mirate*: Raffaele, célebre tenor italiano

101 *Tamberlick*: Enrico (1820-1889) célebre tenor italiano.

102 *Teatro de la Victoria*: construido en 1838 en el barrio de Montserrat, era uno de las tres salas (junto al Teatro Argentino y al  teatro Coliseo) de la época, hasta que en 1857, se inauguró el primer Teatro Colón

levanto un monumento con los restos del guardarropa de Dagnino, en que
había de todo; forma la base el casco de Gonzalo de Córdoba, cubierto por el
manto lanar moteado, armiño de Isabel la Católica; Don Juan Tenorio vela
sobre el Terremoto de la Martinica, mientras que la Campana de la Almu-
daina toca a rebato en la horca de los Escalones del Cadalso.

Pero sobre esta Pirámide funeraria, levantada a los Talma [103] y a los Kean
[104] de la gran aldea, tres figuras se levantan: Lola, Diego y el Marqués, cantando el Himno Nacional antes de contar su candoroso poema de celos y de
amor a una sala llena, en donde brillan las más lindas mujeres de aquellos
días. ¡Pasad, oh sombras!

.......................................................

Habíamos ocupado un palco–balcón de la derecha inmediato a aquella
antigua viga blanqueada que sostenía el techo y que por su espesor desafiaba
las fuerzas de Sansón mismo.

Mi tía se había hecho acompañar por la señorita Fernanda, que yo estaba acostumbrado a ver con frecuencia en casa. Fernanda tenía dieciocho años;
pálida, de ojos claros y grandes, fríos y como azorados entre las densas ojeras
que los sombreaban; en sus labios gruesos que dibujaban una boca que podía
llamarse grande sin injusticia, trazábase no sé qué vaga sonrisa, en la que un
observador sagaz habría encontrado el amor y el desdén reunidos en un con-
sorcio inexplicable; la cabeza era noble y altiva, sin embargo. En aquella época, en que los peinados eran una epopeya de rulos y rellenos, Fernanda llevaba el suyo de una simpleza tal, que rayaba en la suma elegancia: sus cabellos,
de un rubio mate, recogidos y sujetos por dos cintas de muaré celeste, iban a
rematar en la más linda nuca de mujer. Su seno escaso, tenía sin embargo, no
sé qué atrayente seducción, dilatada por la morbidez de todo su busto: irra-
diaba su semblante esa gracia apática e indolente que el pincel del Veronese
imprimía en el rostro de sus patricias venecianas. Era en fin aquella mujer un
conjunto de frialdad y de elocuencia, de belleza y de defectos, que atraía irresistiblemente, y en la que la originalidad del gesto y del mirar despertaban
en mí una profunda y codiciosa curiosidad.

Fernanda, recostada sobre la balaustrada, oyó de pie el Himno, y cuando
éste terminó, se dejó caer negligentemente sobre su silla y abrió su enorme
abanico de plumas blancas, con un ademán lleno de innata voluptuosidad.
¡Qué contraste formaba aquella delicada criatura con mi tía Medea! Una era
la distinción personificada; la envolvía, la perfumaba un vapor de elegancia
y de buen tono. La otra era un fauno obeso; su voz gruesa, su pescuezo corto, su pecho invasor, un bozo recio, que ya era bigote casi, hacían de ella un
ser híbrido, en el que los dos sexos se confundían. Estaba esa noche verdaderamente constelada de diamantes, desde la cabeza hasta los dedos, y como

---

103  *Talma*: François Joseph (1770-1826) afamado actor francés
104  *Kean*: Edmund (1787-1833) afamado actor inglés.

los tenía, y muy buenos, uno de sus orgullos era colgárselos para exhibirlos.

Inquieta y parlanchina, mantenía un verdadero telégrafo de saludos con todo el teatro; con los palcos, con la cazuela, con la platea; a todos conocía, a todos saludaba francachonamente con el abanico.

De repente, un murmullo de simpatía cundió por la sala entera, y todas las miradas convergieron al palco central de la ochava: muchos personajes, vestidos con la más rigurosa etiqueta, tomaban asiento.

Mi tía empezó a nombrarlos a todos.

—Saluda, Ramón, saluda –le decía a mi tío.

—Si no ven para acá, Medea...

—Sí que ven; saluda te digo –y mi tía, al propio tiempo que le ordenaba a mi tío que saludase, hacía repetidos movimientos de cabeza en dirección al palco central, sin que fuesen notados por sus ocupantes.

—¿Quiénes son, señora? –preguntaba Fernanda.

Pero mi tía no contestaba; empeñada en colocar su saludo en la cara de sus ídolos y en que su marido también lo colocase, lo cazó materialmente del brazo y le mandó que esperara la ocasión propicia para mover el pescuezo. De pronto parecióle que la miraban.

—¡Ahí mira don Buenaventura! ¡ahí te mira el doctor Trevexo!... –dijo–; ¡ahora!... saluda, Ramón.

Y ambos movieron la cabeza con urgencia; hicieron con ella un balance para cazar la visual del adversario, pero ¡oh contratiempo! una mirada vaga e indecisa, de la cual tenía yo una vaga idea, recorría la fila de los palcos sin detenerse en los brillantes de mi tía, y el saludo fue un saludo en el vacío.

Mi tío tosió para disimular el contratiempo. Mi tía le echó la culpa, sosteniendo que se le había puesto por delante; mi tío quiso rectificar, pero se le ordenó que guardase silencio, y obedeció. Yo miraba el suelo, compartiendo la vergüenza de mis tíos; y Fernanda, fría, sin curiosidad, con sus ojos claros desmesuradamente abiertos, abanicándose con toda calma, miraba abstraída hacia arriba, como si entre el techo y nuestro palco pasase una visión a través de la sala.

—Mira, niño –me decía mi tía Medea sin dejarme respirar–; aquél es don Buenaventura; aprende, mira qué traje tan sencillo lleva. Ese que habla con el ministro español, es el doctor Trevexo: aquel que sale, es el coronel Valdelirio.

Y yo miraba extasiado aquel grupo y me decía a mí mismo: "¡Ah, si algún día llegase yo a saber lo que sabe el doctor Trevexo! ¡Si llegase a ser un guerrero como Valdelirio!" Y después, aterrado de mi petulancia íntima, transigía con una fórmula más modesta: "¡Si llegase a ser ministro español!"

Las lágrimas consagraban el éxito del drama y de los actores en el tercer acto. Montero recitaba sus famosos endecasílabos. La *Flor de un día* terminaba en medio de calurosos aplausos; la concurrencia evacuaba aquel antro que se llamaba teatro y en la puerta estallaban los vivas entusiastas y patrióticos del pueblo.

Mi tía se ensilló con su pesada salida de teatro, y Fernanda envolvió su linda cabeza en un pañuelo de fular color caña, dentro del cual parecía un estudio inconcluso de artista.

—Vamos, malcriado –me dijo mi tía–; acompañe usted a esa señorita, ofrézcale el brazo.

Obedecí, y Fernanda me entregó el brazo sonriendo con plácida generosidad. Yo lo cerré contra el mío, y, aunque era un muchacho, no sé qué vagas nociones de ternura, qué entusiasmos indefinibles experimentó mi ser al sentir el frío desnudo de la carne, y al aspirar el perfume nunca aspirado de aquella singular criatura.

# IX

Han pasado algunos años.

Estoy lejos de Buenos Aires, en una ciudad cuyo nombre no interesa al lector.

Don Pío Amado y don Josef Garat, mis maestros, eran dos personajes singulares; singular era su escuela, singular la enseñanza, singular todo lo que los rodeaba. Don Pío era la bondad, la benevolencia personificadas; don Josef era la intransigencia, el mal humor, y la ira misma. Reunidos, don Pío era la nota cómica del colegio, don Josef era la nota épica. Amábamos a don Pío y lo amábamos con toda el alma; temblábamos ante don Josef y lo respetábamos a fuerza de malquererlo.

Don Pío era todo gracia, dulzura y amabilidad; una cara sin pelo de barba daba a su fisonomía una jovialidad perpetua y atrayente. De dulces maneras, lleno de cariño por los muchachos, nadie le temía, pero todos lo contemplaban. En medio de la extrema y plácida mansedumbre de don Pío, reinaba en él cierta tendencia innata a la excentricidad, en la que solía marcar rasgos positivos de talento, de observación y de estudio. Su rostro movible; su cuerpecillo inquieto; sus ademanes de artista cómico, solían provocar entre los alumnos ciertas sonrisas de buen carácter, porque no era posible ver y oír a don Pío, sin encontrarse dominado por la idea de que aquel hombre, sincero hasta el fondo de su alma, representaba, sin embargo, una comedia.

Don Pío no podía hablar de nadie sin extraerle toda su genealogía, sin hacer su retrato físico y su retrato moral, sin marcar el rasgo cómico o serio que podía tener, sin determinar el traje que usaba habitualmente, sin remontar en fin hasta la Biblia, para presentarlo a propios y extraños.

En la enseñanza era lo mismo: aquel hombre de vida austera, correcta y arreglada, carecía de la noción del método como maestro. Cuando don Pío hacía la exposición, no terminaba nunca; comenzaba en Sesostris[105] y pasaba más allá del año corriente; y en ella iba de todo, una recopilación de hechos y de datos, una enciclopedia de citas y de descripciones accionadas, cada una con su mímica y sus gestos particulares.

Nunca entraba sereno al aula, con las reservas y la gravedad propias del

---

105  *Sesostris*: Faraón egipcio (1971-1928 aC) miembro de la XII Dinastía y sucesor de Amenemhat I.

maestro, sino a saltitos acompasados, refregándose las manos, si hacía frío, o abanicándose con una pantalla de paja, si hacía calor.

Así, con ese paso, llegaba a la puerta de la clase, se paraba en su umbral, tomaba una posición de contradanza[106], miraba al centro, apuntando en el rostro una franca sonrisa; en seguida, como un muñeco de cuerda, movía el pescuezo, y con el cuerpo hacia la izquierda, distribuía su sonrisa en esa dirección para repetir después la misma operación y derramar su tercera sonrisa sobre la derecha. Hubiérase dicho que no era el maestro el que entraba en la clase, sino Fígaro [107] mismo al cual sólo le faltaba la navaja y el platillo del barbero.

Don Josef, en cambio, era un Orestes[108]. Alto, vigoroso, la cara roja como un pimiento, la nariz chica y encorvada, la cabeza mezquina pero bien puesta sobre los hombros. Don Josef pasaba la vida clamando contra todo lo que lo rodeaba: contra el país, contra sus hombres, contra las mujeres, contra los muchachos y contra don Pío, a quien tenía en poca cuenta en las situaciones normales.

Don Josef era oriundo de Cataluña y se vanagloriaba de haber nacido en el castillo Monjuich; de haber salvado la vida a varias personas, de haber presenciado un naufragio y de haber sido casi víctima del hambre de una tigra mansa; preciábase de haber conocido a la reina de España, doña Cristina, de haberla visto comer una olla podrida [109] en un día de toros. Hacía sacrificio de confesarse descendiente de don Gonzalo de Córdoba [110], pero no se prestaba a pregonar mucho el parentesco, y lo repudiaba con majestad, porque no quería que nadie sospechase que él aprobaba las rendiciones de cuentas de su poco escrupuloso antepasado.

106  *Contradanza*: danza grupal originario de la campaña Inglesa en 1500 (Country Dance). La corte de Isabel la. exporta a Francia y a Holanda en 1685. En Francia toma el nombre de "Contredans". Durante la misma  los danzantes se dividen en dos grupos que van en direcciones opuestas.

107  *Fígaro*: protagonista de la ópera Il Barbiere di Siviglia, de Giaccomo Rossini

108  *Orestes*: en la mitología griega hijo de Agamenón y Clitemnestra, hermano de Ifigencia y de Electra. Luego de la guerra de Troya, venga la muerte de su padre a manos de Clitemnestra y su amante Egisto, acción por la cual lo persiguen las Furias.

109  *Olla podrida*: (pot pourri) guisado tradicional que incorpora alubias, chorizo, morcilla, oreja, patas, costillas de cerdo adobadas, tocino de hebra, etc. Típico de Castilla-León fue descrito por Cervantes en boca de Sancho Panza

110  *Gonzalo de Córdoba:* Gonzalo Fernández de Córdoba, El Gran Capitán (1453 - 1515). Militar al servicio de los Reyes Católicos, desde joven en el más destacado jefe militar de la monarquía castellano-aragonesa. Derrotó a los franceses en las batallas de Ceriñola, Garellano y Gaeta (1503) conquistando Nápoles para el dominio español y quedando como gobernador del reino. La muerte de la reina Isabel en 1504 marcó el inicio de su caída en desgracia. Su enfrentamiento con Fernando el Católico alcanzó un punto culminante a raíz del Tratado de Blois (1505), por el que el rey devolvió a la Corona francesa las tierras napolitanas que Fernández de Córdoba había expropiado a los príncipes de la Casa de Anjou y había repartido entre sus oficiales.  Cuando en 1507 Fernando viajó a Nápoles para tomar posesión de su nuevo reino exigió al Gran Capitán que rindiera cuentas de su gestión financiera deponiéndolo como gobernador de Nápoles.

Vivía crónicamente colérico, sin que esto importe decir que no supiera interrumpir sus accesos para hablar con fruición de los tesoros de Potosí[111] y de fortunas colosales como las de los cuentos de hadas, porque el buen viejo tenía altamente desarrollada la nota de la codicia.

Pero, cuando él levantaba la voz en la clase, o fuera de la clase, o con los tertulianos nocturnos que lo visitaban en el colegio, entonces temblaba la casa; buscaba la invectiva, la lanzaba al rostro del adversario y la sazonaba con vocablos de estofado, acabando por dominar el debate con sus gritos estentóreos. Dentro de ese cuerpo vigoroso de rica musculatura de atleta, en el fondo de ese carácter atrabiliario[112], disputador y pendenciero que amenazaba tragarse la tierra, se escondía un ser enteramente pusilánime. Don Josef era una liebre.

El colegio era un vasto edificio bajo, de muros espesos y coloniales, de grandes patios y espaciosa huerta, en la que no faltaban las clásicas higueras de antaño. Aquel edificio era un convento por sus dimensiones e invitaba a la melancolía. Yo acababa de llegar solo, casi abandonado a mi suerte. Durante el viaje había hecho inventario de mi pasado; había recordado la muerte de mi padre; mi orfandad; no tenía más compañeros ni más amigos que dos retratos mudos que llevaba siempre conmigo: el de mi padre y el de mi madre.

¿Quién era yo en el mundo? ¿Qué necesidad tenía de aprender nada? ¿Acaso no tenía razón el doctor Trevexo cuando fulminaba a toda una generación con su anatema contra los sabios? Nadie me amaba a excepción de Alejandro que era el único que había sentido mi partida de Buenos Aires. Todo lo que me rodeaba era nuevo y desconocido para mí; mi capital se componía de poco: mis ropas, mi catre y mis libros; todos mis compañeros tenían padres que velaban por ellos, que les escribían, que los regalaban. Sólo yo acostumbraba de tarde en tarde a recibir dos letras de mi tío Ramón, en las que me anunciaba el envío de lo indispensable.

No importa, yo tenía voluntad, tenía ánimo y entereza, valor y constancia. Yo sabía que había de arribar: que habían de pasar para mí los días de vergüenza en que mis condiscípulos menores me adelantaban.

Era un muchacho de quince años cuando entré en el colegio y apenas sabía leer y escribir, pero trabajé con tesón[113] y me abrí paso. Don Pío me amaba y don Josef, que había empezado por expresarme el más profundo desprecio, había pasado del indiferentismo al entusiasmo con una facilidad extraordinaria. Yo comenzaba a ser su ídolo. De cuando en cuando, pensaba que, siendo yo como era un pobre diablo, sin padre, sin fortuna, era demasiada generosidad de su parte interesarse por mí como se interesaba, y me lo echaba en cara; pero, cuando lo sorprendía con un progreso inesperado para él, o con un buen rasgo de conducta, entonces el buen viejo se exaltaba y pasaba los límites del entusiasmo en sus elogios.

El fuerte de don Pío era la astronomía. Daba en el colegio un curso práctico de esa ciencia con un colorido de gestos y de movimientos rápidos y ner-

111  *Potosí*: ciudad del Alto Perú donde se encontraban las minas de plata
112  *Atrabiliario*: colérico en extremo
113  *Tesón*: firmeza, constancia, tenacidad

viosos, con los que él creía poner en evolución todo el sistema planetario.

La clase era para él su materia cósmica.

Entraba y distribuía sus astros en el lugar oportuno. Cada muchacho era un planeta, y trataba siempre de representar con él, no sólo la situación de cada cuerpo celeste en el espacio, sino también su volumen, eligiendo los alumnos según las proporciones de cada uno y de cada estrella que debía figurar en el sistema.

Un muchacho entrerriano[114], grande como un patagón[115], cuyo desarrollo físico no guardaba armonía con su desarrollo moral, tenía invariablemente a su cargo el papel modesto de sol; le hacía abrir los brazos, y tomándolo por la cintura, *mal gré, bon gré*[116], lo colocaba en el centro de la clase. Buscaba en seguida al alumno más chico y lo ponía en un extremo del aro celeste discerniéndole el papel de luna. Era éste un bolivianito, diablo y travieso, que nunca se resignaba a hacer tranquilamente su papel de astro nocturno.

En seguida ocupaban su sitio los planetas mayores y después los menores, Júpiter con sus lunas, Urano en la última línea del círculo, Saturno circundado por su anillo luminoso. En esta disposición comenzaba a funcionar la máquina astronómica de don Pío; formado su ejército sideral[117], se paraba al lado del sol y exclamaba: "Yo soy la Tierra", y el buen maestro comenzaba a circular de lado alrededor del entrerriano que, inmóvil y mudo en el centro del círculo, desempeñaba automáticamente el papel del padre del día.

A una voz de don Pío y terminadas las evoluciones, los planetas se dispersaban y volvían a ocupar sus bancos, terminándose la lección de astronomía práctica.

Pero donde don Pío era famoso, era en la descripción de las batallas del curso de historia. El entusiasmo bélico se apoderaba de él: no podía limitarse a citar fechas, nombres y hechos: era necesario hacer funcionar la caballería, la infantería y la artillería.

Abandonaba su cátedra, se ponía en medio de la clase, señalaba el enemigo al frente, e inflando la boca, hacía tronar los cañones sobre la línea imaginaria del ejército contrario.

—¡Boum! ¡Boum! —exclamaba, y con el rostro excitado por la refriega y el puño cerrado por la ira militar, caían los enemigos deshechos por las metrallas y por las bombas, y don Pío, como un Murat[118], se levantaba jadeante, triunfante, sublime en el campo de la acción.

Había en el colegio un chicuelo que se llamaba Martín Roll, que era la piel del diablo. Lo que no se le ocurría a Martín no se le ocurría a nadie. Era holgazán como una cigarra, pero vivo como un rayo. Don Pío lo reprendía con suavidad en vano. Don Josef lo anatematizaba y lo tenía concienzudamente

---

114 *Entrerriano*: oriundo de la provincia argentina de Entre Ríos
115 *Patagón*: o *tehuelche*, nativos de la zona sur de Argentina y Chile, conocidos por su estatura y fortaleza física. La primera descripción es de Antonio Pigafetta, cronista de la expedición de Magallanes (1520), quien inició el mito del gigantismo.
116 *Mal gré, bon gré*: (fr.) mal grado, buen grado. En contra o a favor de la voluntad
117 *Sideral*: relativo a los astros
118 *Murat* (Joachim, 1767-1815): comandante de caballería francés bajo Napoleón I, conocido por haber derrotado a los turcos en Egipto en 1799

clasificado de cretino y de imbécil. El título más bondadoso que Martín solía obtener de él, era el muy moderado de animal, que se lo daba con conciencia.

Pero, si Martín no abría los libros, abría y registraba las conciencias; conocía a sus maestros a fondo, y a Don Josef como a su faltriquera[119]. Había descubierto que la condición predominante del carácter de don Josef, era la avaricia, y ponía en juego todos aquellos medios que pudiesen darle por resultado la explotación de este defecto.

En cambio, don Josef se quedaba aterrado con la prodigalidad escandalosa de Martín, quien, cada vez que volvía de su casa después de las vacaciones, traía tal surtido de regalos para toda la escuela, que el viejo avaro, mortificado sin duda por aquel mal ejemplo y por el garbo con que Martín desparramaba sus presentes, acudía a sus pergaminos, recordaba a Gonzalo de Córdoba, su antepasado, para repudiarlo por mal administrador y por derrochador, y terminaba por sacárselo de ejemplo a Martín, para que reaccionase contra la prodigalidad y la dilapidación de la fortuna.

A pesar de tener caracteres opuestos, habíamos congeniado con Martín. Sus padres vivían con holgura, y yo solía pasar en su casa una parte de las vacaciones. Pero, si la alegría del colegio era Martín, la alegría de su casa era Valentina, su hermana, una preciosa muchacha de dieciséis años que yo no podía tratar quince días, sin volverme al colegio con la cabeza llena de sueños y el alma llena de tristezas.

No voy a perder mucho tiempo en contar idilios de juventud, porque tengo la mano torpe y el corazón duro ya para narrar la historia vieja de los primeros afectos. Pero es que Valentina era muy linda cuando tenía dieciséis años y debe serlo todavía a pesar de los treinta que ha de haber cumplido. Mi maestro Josef odiaba a los enamorados, a pesar de las libertades que se tomaba él con las sirvientas del colegio, a quienes manoteaba demasiado con Martín, que le hacía la competencia con un éxito que el buen viejo no conseguía.

Pero Valentina ¡oh! Valentina me había hecho olvidar aquella malsana aparición de Fernanda, porque era dulce como un rayo de luna y alegre como una aurora.

A los diecisiete años, ¡qué diablo!, me enamoré de Valentina y fui menos práctico que Martín; lo confieso. Los libros de estudio no me atraían mucho; leía a lord Byron [120] y a Musset [121]; las *Horas de ocio* y *La confession d'un enfant du siécle* me montaron la cabeza y me enfermaron el corazón. Le hice versos a Valentina y asistía a oír la lección de matemáticas como quien asiste a un entierro.

El romanticismo es la adolescencia del arte; la malicia, esa diosa madura que observa el mundo con una mueca perpetua, se ríe de los poetas gemebun-

---

119  *Faltriquera*: bolsillo
120  *Byron*: George Gordon, Lord (1788-1824) poeta romántico inglés conocido por Las horas del ocio, La peregrinación de Childe Harold, Don Juan y El corsario. Murió luchando por los griegos en su lucha independentista contra los turcos en Misolonghi, Grecia.
121  *Musset*: Alfred de (1810-1857) dramaturgo y poeta francés, autor de Lorenzaccio y Cuentos de España e Italia y La confesión de un hijo del siglo, entre otras obras, y partidario del concepto de que el autor debía sufrir para escribir bien

dos y enamorados; pero la juventud sueña y delira, y creo que no hay hombre, por áspero y frío que sea su carácter, que no tenga en la memoria, así como un lejano paisaje, la escena en que han despertado sus primeros sentimientos.

¿Cómo no recordar, pues, todos aquellos libros de los primeros años: las *Escenas de la vida de bohemia y de juventud,* de Murger[122], los primeros versos de Gautier[123], las poéticas novelas de Vigny?[124] Al calor de esas páginas que sólo se escriben y se leen en una edad, yo había visto aparecer a Valentina como Mussette o como Francine, con su carita jovial, sus ojos negros, su cabello castaño ondeado, sencillamente ataviada de cintas color rosa; la boca roja y fresca como las guindas; toda esta cabecita deliciosa, sostenida por una figura llena de distinción. Ella había salido al encuentro de mi camino, en el que sólo había encontrado hasta entonces seres indiferentes.

Yo no sé cómo amé a Valentina; pero cuando la veía; cuando ella me hablaba, la sangre no corría por mis venas; enmudecía y me abstraía en la muda contemplación de aquella criatura. Entonces pensaba en mi mala suerte; pobre, sin padres, ni amigos, ni protectores, ¿qué esperanza, qué risueño horizonte podía iluminar mi porvenir? El estudio me entristecía; no tenía la cabeza robusta de mis compañeros que mordían y digerían el Vallejo como un manjar exquisito.

En mi cuarto, por la noche, leía furtivamente las novelas de Dumas, ese gran amigo de la adolescencia, ese encantador de los primeros años; y me adormecía entreviendo la poética figura de Ascanio u oyendo el ruido de las espuelas de D'Artagnan.

Una noche, durante la época de las vacaciones, Valentina se acercó a mi lado, y con un acento lleno de gracia, me dijo:

—¿Va a comer mañana en casa?

—Si usted me invita...

—No, no lo invito; pero quiero que venga –me repuso con firmeza.

—¿Usted lo manda?... –avancé yo extendiéndole la mano.

Valentina miró en derredor; nadie nos observaba; tomóme la mano y oprimiéndomela con la suya:

—Lo exijo –me dijo a media voz.

—¡Valentina!...

—¡Adiós! –me contestó; y, antes de poder dirigirle la palabra, dióme la espalda y corrió cantando hacia adentro como una locuela. Me asomé a la sala y vi desaparecer su vestido blanco en las últimas habitaciones de la casa.

No sé cómo, me encontré en la calle.

122  *Murger*: Henri (1822-1861) autor francés de la obra Escenas de la vida bohemia, utilizada por Giaccomo Puccini para escribir el libreto de la ópera La Bohème
123  *Gautier*: Theophile (1811-1872) poeta, novelista y crítico francés, autor de Esmaltes y camafeos, Viajes por España y El Capitán Fracasse. Sostenía la postura del 'arte por el arte.'
124  *Vigny*: Alfred (1797-1863) autor francés y figura principal del movimiento romántico en dicho país, más conocido por su poesía lírica y descriptiva como, por ejemplo, sus Poemas Antiguos y Modernos (1826) y Los destinos (1864). Cultivó el tema de la soledad que el genio sufre estoicamente en medio de la indiferencia de la humanidad.

La noche era espléndida; sobre un cielo sereno se extendía el vapor majestuoso de la vía láctea, semejante a una gran veta de ópalo sobre una bóveda de zafiro. La luna, ya en sus últimos días, atravesaba el espacio como una galera antigua; la fresca y tibia brisa del mar llevaba en sus ráfagas unas cuantas nubes blancas. El alma del mundo inundaba el espacio. Alcé los ojos al cielo, y absorto en el espectáculo de la noche, me pareció ver pasar a Valentina como una visión por el éter[125], huyendo de mí como huían aquellas nubes.

¡Nunca la había visto tan linda!

Sentía en mi mano el calor de la suya y en mi oído sonaba todavía el acento misterioso de su palabra. Vagué aquella noche por la ciudad, y cuando el silencio invadió la población, yo no sé cómo, me encontraba aún delante de los tres balcones de la casa de Valentina en muda contemplación, levantando castillos de España sobre esos andamios gigantescos que sólo los diecisiete años tienen privilegios para apoyar en el aire.

No dormí aquella noche, y vestido, echado sobre el lecho, esperé el nuevo día. A las nueve de la mañana entraba Martín en mi cuarto.

—¡Qué temprano te has levantado hoy! –me dijo.

—En efecto, he madrugado –le repuse.

—¡Vaya un placer! ¿Vas a comer a casa?

—Sí, voy.

—¡Hola! ¿ya estabas prevenido? –me preguntó.

—Sí, Valentina me invitó anoche.

—¡No ha podido resistir esa muchacha!... ¿Sabes por qué te ha invitado?

—¿Por qué? –le pregunté sin disimular mi curiosidad.

—No te pongas pálido... ¡No te va a envenenar, hombre! –me dijo Martín–. Te ha invitado porque hoy es su santo.

—¿El santo de Valentina?... Pues no te puedes figurar cómo le agradezco que se haya acordado de mí...

—Y con razón debes agradecérselo, porque a mi padre no le gustan hombres en casa; figúrate que los únicos invitados sois tú y don Camilo como novio presunto...

—¿Qué dices? –le pregunté dominando mi turbación con un esfuerzo supremo.

—Sí pues; mi padre y mi madre creen que don Camilo es el modelo de los novios.

—¿Y Valentina?...

—Valentina no toma nada con seriedad; cada vez que la embroma, se ríe a carcajadas, y al pobre don Camilo le hacen tal efecto las risas que se queda como un muerto, de triste, siempre que mi hermana se ríe de él.

Sentí toda la rabia ponzoñosa de los celos... ¿Valentina de otro?... ¡Pero eso no era, no sería posible! Yo vencería, arrasaría todos los obstáculos, me

---

125 *Éter*: fluido sutil, invisible, imponderable y elástico que, según cierta hipótesis obsoleta, llena todo el espacio

haría amar por ella y ningún hombre me arrancaría la soñada felicidad.

Llegó la tarde; me vestí, y con Martín, que había venido a buscarme, nos fuimos a su casa. Mi bolsa era algo más que escasa y tuve que emplearla toda en un ramo de jazmines, blancos como el papel en que escribo y perfumados como el naciente y casto amor que embriagaba mi alma.

Eran las cinco cuando entrábamos en lo de Valentina; ella nos esperaba en la puerta de la calle con un vestido de gasilla, blanco, cerrado por un cuellecito plegado, sobre el cual se destacaba su cabecita adorable y llena de inocente coquetería. Desde lejos nos divisó, y al vernos, desapareció de la puerta, apareciendo unos segundos después, como si hubiese entrado para dar cuenta a sus padres de nuestra llegada. Martín y yo aceleramos el paso y llegamos a la puerta de calle, en la que sólo ella estaba esperándonos. Martín le dio un beso en la frente y penetró precipitadamente sin darnos tiempo para seguirlo. Yo quise entregarle mi ramo calculando propicia la ocasión, pero ella no me dio tiempo.

—¡Qué olor a jazmines! ¿usted los tiene? ¡Ah, qué lindo, qué lindo ramo! ¿Es para mí?

—Sí, Valentina… –le contesté.

—¡Gracias, muchas gracias! ¿Sabe que no creía que usted viniese? –me dijo.

—¿Por qué?

—Por nada, porque pensaba que no habría hecho caso a la broma de anoche.

—Sin embargo, usted me exigió que viniera…

—¡Ah! ¿lo tomó usted como sacrificio?

—¡Valentina!… ¡Si yo pudiera decirle todo lo feliz que usted me ha hecho!

—Entremos, Julio –me repuso, poniéndose seria; y en ese momento la familia salía a recibirnos, y Valentina, abrazando a su madre, le decía:

—Mira, qué flores, mamá, ¿no es verdad que son divinas?

Valentina se había puesto el ramo en la cintura con una coquetería innata, y alborotaba toda la casa mostrando mis flores como una maravilla.

—¿Qué te ha regalado don Camilo? –le preguntó Martín.

—Un álbum con su retrato. ¡Si vieras qué *cache* [126] está el pobre!

—Niña, no digas eso –le decía la madre.

—Sí, mamá ¿por qué no le he de decir? En vez de haberme dado alguna cosa útil, me sale ese zonzo dándome un álbum con su retrato, como si fuera tan buen mozo y tan joven.

—Venga, Julio, venga a la sala –agregó–, se lo voy a mostrar; y llevándome casi de la mano, me condujo adentro y abriendo la primera hoja del álbum, me dijo:

—Vea, dígamelo con franqueza, ¿se puede dar un hombre más *cache* ?

126  *Cache*: (arg.) de mal gusto

–y prorrumpió en una carcajada...

En ese momento mismo Martín entraba en el salón.

—Mira que ahí está don Camilo, Valentina, no te rías; acaba de entrar.

—¿Sí? Pues lo voy a ver para darle las gracias –y dejándonos en la sala, atravesó el patio, donde don Camilo era recibido por los padres de Martín.

En efecto, don Camilo podía ser excelente pero no era el ideal de los novios; tenía sus bravos cuarenta años, una figura poco airosa y vestía con una ropa provinciana de dudosa elegancia. Pero en cambio, don Camilo era rico; tenía estancias y vacas, y prometía como yerno bajo el punto de vista de lo positivo. En la casa lo amaban y lo codiciaban; el padre de Martín y la señora no sabían qué hacerse con él.

Emparentado con familias de alta posición política, don Camilo era por aquellas épocas un programa luminoso para una muchacha de dieciséis años como Valentina, y el buen señor, persuadido de su valimiento, no se daba mucha pena en ofrecerse, porque sabía que la ley de la demanda regía en su favor y que él podía elegir como en peras entre las más lindas muchachas de la época.

Pasemos por alto la comida; don Camilo se sentó al lado de la señora y Valentina me dio la silla inmediata a la suya.

Yo estuve hecho un necio durante toda la mesa; la alegría bulliciosa de Valentina me llenaba de tristeza; aun me parecía que se burlaba de mí, cuando su boca, no muy correcta, por cierto, pero llena de gracia, dibujaba en su rostro aquella sonrisa que le era tan peculiar.

La cara inerte de don Camilo me despertaba un rencor profundo que se agravaba cada vez que la familia simulaba oír con asombro todas las insulseces [127] que aquel tonto contaba.

Acabamos de comer y fuimos a pasar la tarde al jardín. Don Camilo, en un grupo, conversaba con los padres de Valentina; Martín, que se había separado de ellos, porque era gran fumador, echaba, escondido entre los árboles, grandes bocanadas de humo. Valentina y yo mirábamos la noche que empezaba a caer, desde una glorieta formada por madreselvas y jazmines que quedaba a un extremo del jardín.

—¿Ha estudiado astronomía usted, Julio? –me decía.

—No, Valentina...

—¡Qué ignorante!... –me repuso–. Pero Martín dice que don Pío les hace a ustedes un curso de astronomía práctica muy curiosa.

—¡Oh! broma de Martín; usted ya sabe lo que es don Pío y lo que es Martín.

—¿Pero sabe, Julio, que debe ser muy curiosa esa explicación? –agregaba sonriendo Valentina.

Yo callaba entretanto; toda la sangre me subía a la cabeza.

—Vea –me dijo–, dicen que aquella estrella es la estrella del amor... –agre-

127 *Insulseses*: cosas sin sabor, tonterías

gó señalando a Venus, que titilaba como un diamante suspendido en el cielo.

—¿Quién se lo ha dicho a usted? ¿Don Camilo?... –le pregunté.

—¡Ja, ja!, con qué tono me lo pregunta usted... ¿Cree usted que don Camilo tiene tiempo para fijarse en el cielo?...

—¡Cómo no! ¿No se ha fijado en usted?

—¡Ah!, qué antiguo está, usted, Julio, por Dios, eso es un requiebro... Retírelo por Dios...

Y prorrumpió en una larga carcajada que me penetró en el pecho como un puñal.

—Valentina: ¿es cierto que usted se casará con don Camilo? –le pregunté en voz baja, pero resuelta.

—Eh, todo puede ser, pero lo que es por ahora no lo pienso.

—*Puede ser,* ¿dice usted?...

—¿Y por qué no? Si no se presenta otro... me casaré con él...

—¿Sería usted capaz de casarse con un hombre a quien no quisiese?...

—Si él fuera capaz de casarse conmigo, ¿por qué no?

En ese momento la madre de Valentina se acercaba a nosotros; detrás caminaban su padre y don Camilo.

—Vamos a la sala –nos dijo–. Está muy fresca la noche...

—¡Tan pronto, mamá!...

—Sí, ven, tócanos algo...

Un momento después Valentina dejaba caer sus manos sobre las teclas y tocaba el *Clair de lune,* esa profunda melodía de Beethoven en que cada nota parece el suspiro melancólico de un coloso.

Yo, de pie al lado de ella, miraba flotar sus manos sobre el teclado y buscaba la expresión de su rostro graciosamente inclinado, y de sus ojos, en los cuales se reflejaba instintivamente el sentimiento de aquellas frases sabias y poéticas a la vez que se elevaban como los ecos de una plegaria... Por fin se extinguió la última nota y Valentina levantó la cabeza...

—¿Le gusta, don Camilo? –preguntó, dirigiéndose a su presunto novio.

—No... yo no entiendo mucho de eso, a mí me gusta mucho la zarzuela.

—¿Has visto un imbécil igual? —me dijo al oído Martín.

—Cállate –repuso Valentina–, te puede oír.

Valentina se levantó del piano y se sentó a nuestro lado. Don Camilo, hombre de orden, se retiró temprano...

Mientras se despedía, yo había salido al balcón y allí me encontró Valentina que regresaba de saludarlo.

—Sabe, Julio –me dijo–, que lo noto muy triste y reservado conmigo hoy, ¿qué tiene?

—En efecto –le contesté, como tomando una actitud resuelta–. Estoy triste y reservado...

—¿Puedo yo saber la causa de su tristeza y el objeto de la reserva?...

Iba a decirle todo lo que sentía; llegaron las palabras a mis labios, y debió traicionarme mi fisonomía, porque ella hizo un gesto en el que yo adiviné toda su recelosa curiosidad y la alarma con que me miraban sus grandes y húmedos ojos negros, pero en aquel instante, pensé en mi pasado, contemplé con la rapidez del relámpago mi presente, y el honor, ese frío guardián de las pasiones, selló mis labios.

—No –repuse con firmeza.

—¿No? –me preguntó con una inflexión de voz llena de ternura y de resentimiento–, ¿no?... ¡Ah!... –agregó– quiera Dios que su reserva lo haga feliz.

Reaccioné, e iba en aquel mismo momento a revelarle todo lo que sentía por ella, cuando entraron Martín y sus padres, y el desenlace, que se había presentado tantas veces en aquel día, quedó de nuevo trunco.

Era necesario partir; saludé a todos y tendí la mano a Valentina con efusión, pero ella dejó caer la suya con indiferencia entre las mías, mientras que con la otra desprendía de su cintura el ramo de jazmines ya marchito dejándolo caer sobre el piano.

Yo sentí oprimírseme el corazón, y cuando llegué a la calle, dos lágrimas, que me parecieron de sangre, brotaron de mis ojos y me corrieron por el rostro.

# X

Pocos meses después abandonaba el colegio donde había pasado años tan tristes. Martín, que ya había salido también, estaba con su familia en el campo y no pude por consiguiente despedirme de Valentina.

Mi tío me esperaba en Buenos Aires con una colocación en una casa de comercio; llegué a Buenos Aires y encontré a mi tía tan mala como de costumbre; siempre dominada por la política, siempre tomando parte en todos los acontecimientos notables que tenían lugar.

Hacía seis años que no me veía, y sin embargo, no me hizo el más mínimo cumplimiento ni el más pequeño agasajo a mi llegada.

Había engordado mucho y su temperamento sanguíneo se había desarrollado notablemente. Mi tío era el mismo.

El único que no estaba en la casa, era Alejandro; el pícaro pardo había cumplido su promesa; un día de un altercado tremendo con mi tía, desbocó los caballos al descender la violenta pendiente de la barranca de la Recoleta[128] y volcó el *landau* [129] en una zanja, lo hizo pedazos y magulló a mi tía que fue izada por la ventanilla con la gorra en la nuca y los vestidos en un desorden inconveniente.

¡Cómo habían cambiado en veinte años las cosas en Buenos Aires! ¡El doctor Trevexo, el hombre de más talento de su tiempo, el orador, el diplomático, el abogado y el periodista más hábil de la República, había desaparecido de la escena pública, y sólo habían transcurrido veinte años! Los tenderos de aquella época habían muerto o habían cerrado sus tiendas; ya no gobernaba la opinión pública. Mi tía Medea había tomado parte en dos revoluciones *chingadas* [130] y pertenecía a la oposición. El único puesto público que conservaba era el de la Sociedad Filantrópica, donde la fila de sus contemporáneas se había raleado notablemente. Una nueva generación política y literaria había invadido la tribuna, la prensa y los cargos públicos.

Don Buenaventura pontificaba desde lejos, en el diario más grande de la América. La escuela literaria de la *Flor de un día* había hecho su época; hombres y libros nuevos dirigían el pensamiento argentino. El autor del *Facundo*[131] revoleaba su temible maza desde las columnas del viejo *Nacional,* los sa-

---

128  *Recoleta*: barrio porteño, cuyo nombre proviene del Convento e Iglesia de los Padres Recoletos llegados a la Argentina a principios del siglo XVIII, donde se encuentra el cementerio homónimo

129  *Landau*: carruaje de cuatro ruedas con doble capota que se abre y cierra

130  *Chingada*: errada, fracasada

131  Autor del *Facundo*: el publicista y político argentino, Domingo Faustino Sarmiento (1811-1888).

lones se habían transformado; el gusto, el arte, la moda, habían provocado una serie de exigencias sin las cuales la vida social era imposible. Los cómicos españoles de antaño ya no entretenían como veinte años atrás; la aldea de 1862 tenía muchos detalles de ciudad; se iba mucho a Europa; las mujeres cultivaban las letras. Las golosinas de Gustavo Droz[132], de Halévy[133] y aun de Maupassant[134], andaban en todas las manos femeninas, impresas en una forma adecuada para lectores sibaritas, e ilustradas con todas las voluptuosidades artísticas del taller de Goupil[135].

La vieja moda, aquella que envolvía a las mujeres en verdaderas bolsas de tela, había desaparecido; ni los filósofos podían pasear de cuatro a cinco de la tarde en el invierno por la calle de la Florida, sin conmoverse ante los cuerpos de las mujeres del día, dibujados *d'après nature* por Mesdames Carreau y Vigneau, con *damas* de Génova y terciopelos de Venecia; Kitty Bell y Flora Campbell hacían los figurines; Sarah Bernhardt, los guantes. Worth firmaba los tapados como un pintor sus cuadros; en los colores mismos se había operado una revolución; nada de celeste y blanco como antes, nada de color rosa: una mujer del gran mundo no estaba bien vestida sin llevar un medio color indeterminado en los siete de la paleta; oro y plata viejos, óxido, y marfil antiguo.

Los troncos de los carruajes particulares eran arrastrados por yeguas y caballos de raza, de pelo satinado y reluciente, con cocheros más correctos que los del tiempo de Alejandro. No era *chic* hablar español en el gran mundo; era necesario salpicar la conversación con algunas palabras inglesas, y muchas francesas, tratando de pronunciarlas con el mayor cuidado, para acreditar raza de gentilhombre.

En fin, yo, que había conocido aquel Buenos Aires de 1862, patriota, sencillo, semitendero, semicurial y semialdea, me encontraba con un pueblo con grandes pretensiones europeas que perdía su tiempo en *flanear*[136] en las calles, y en el cual ya no reinaban generales predestinados, ni la familia de los Trevexo, ni la de los Berrotarán.

Estas reflexiones me hacía yo todas las tardes al salir del escritorio de comercio de don Eleazar de la Cueva, el hombre de negocios más vastos y complicados de la República Argentina, que tenía vara alta con los gobiernos, con los bancos, con la Bolsa, con todo el mundo. Hombre manso y cristiano ante todo, muy devoto y muy creyente, dulce de maneras por lo general, y bastan-

132  *Droz*: Antoine Gustave (1832-1895) hombre de letras francés, conocido por su obra principal, Monsieur, Madame et Bebe (1866)

133  *Halévy*: Ludovic (1834-1908) escritor francés, autor de comedias y libretista, conocido por su colaboración con Henri Meilhac en el libreto de la ópera Carmen (1875) de Georges Bizet, inspirado en la célebre obra de Prosper Merimée

134  *Maupassant*: Guy de (1850-1893): autor francés considerado uno de los cuentistas modernos más dotados. Sus obras reflejan el realismo gráfico y pesimista del recién nacido movimiento naturalista.

135  Goupil: Adolphe (1806-1893) fundador de Goupil et Cie, editorial y galería de arte. Pionero de la reproducción industrial de grabados y fotografías

136  *Flanear*: galicismo por vagar, callejear.

te bravo por lo particular cuando el caso lo permitía, don Eleazar de la Cueva era una especie de astrólogo para sus negocios, porque todos ellos participaban de ciertas formas nigrománticas[137], llenas de misterio, y se preparaban por procedimientos análogos a los que en lo antiguo se empleaban para buscar la piedra filosofal. Don Eleazar, sin ser hombre de mundo, sin ser hombre político, tenía cierta influencia política; sin ser hombre de partido, tenía cierta intervención y participación en todos los partidos. En fin, en el mar humano, don Eleazar era corriente de fondo y no de superficie: arrastraba sin ser visto ni sentido.

Tenía don Eleazar un cuerpo de oso y una cabeza de leona mansa; su cutis fino y terso, a pesar de sus setenta años largos, daba a su rostro cierta capa de venerable distinción y de majestuosa ancianidad que imponía a primera vista. Los dependientes le temblábamos, sin embargo, porque era áspero y cruel con nosotros, y cuando sentíamos sus pisadas en el escritorio, no sólo guardábamos un profundo silencio, sino que volcábamos la cara sobre nuestras mesas y hacíamos lo posible por aparecer abstraídos en nuestra tarea.

Nada más curioso y original que el escritorio de don Eleazar; un edificio bajo y antiguo con un vasto y desierto patio a la entrada, enlosado con grandes piedras color pizarra, perpetuamente húmedas y empañadas por una eterna capa de verdín. Frente a la puerta de la calle, tres cuartos, cada uno con tres puertas al patio. Desde la calle, aquella casa hacía el efecto de estar inhabitada; tal era el abandono de sus paredes y el estado de sus puertas despintadas, casi carcomidas, y tan antiguas, que algunos de sus tableros exteriores debían haber sido pintados en tiempo de Rosas, porque, aunque sumamente descoloridos, se notaba que un día habían sido colorados. El único adorno de los cuatro muros que formaban el cuadrado del patio, era una guarda grecorromana de relieve, en la que la intemperie había hecho sus estragos sin que el dueño de la casa se hubiese preocupado de hacer restauraciones.

Por dentro, el escritorio del señor de la Cueva representaba exactamente su apellido; todo era en él vetusto: las mesas y las sillas; los estantes, llenos de rollos de papeles, denunciaban un completo abandono.

Aquellas habitaciones habían sido empapeladas un día, pero el papel se había caído; algunos jirones que quedaban, colgaban todavía de las paredes, esperando la hora de caer por sí solos, sin que la mano del hombre los arrancara, porque don Eleazar, que en materia de negocios y especulaciones demostraba una actividad y un espíritu innovador a toda prueba, trataba a su escritorio por el procedimiento contrario. Aquel piso jamás había conocido alfombra ni escoba, y si alguno de sus dependientes hubiese tenido la ocurrencia de arrojar en él algunos granos de alpiste[138], la simiente habría florecido de un día para otro, ni más ni menos que con el riego cotidiano que el sirviente gallego hacía para aplacar el polvo de la habitación

Nada más caliente y sofocante que el escritorio de don Eleazar en el vera-

---

137 *Nigrománticas*: relacionadas prácticas sobrenaturales
138 *Alpiste*: planta gramínea anual, que crece hasta 40 ó 50 cm. Se usa para forraje y las semillas para alimento de pájaros.

no; nada más frío también en el invierno, en que teníamos que pasar la noche y el día escribiendo, de pie sobre las baldosas desnudas y húmedas del piso.

Mi tía Medea le había puesto ciertos inconvenientes a mi tío para que yo habitara en su casa, de modo que me fue necesario ocupar un cuarto en la casa particular de un antiguo amigo de mi padre, que era un excelente viejo alegre y solterón que me había cobrado un franco cariño. De modo que, cuando regresaba de lo de don Eleazar, encontraba en don Benito Cristal un verdadero amigo, con quien me desahogaba contra mi mala suerte y lamentaba el tiempo que mis tíos me habían hecho perder.

Don Benito era un carácter. En la arrogancia de su porte se reflejaba toda la entereza de su alma. Amaba con delirio la verdad y podía decir con orgullo que no había nunca mentido en su vida. Era impetuoso, resuelto, intransigente en la defensa de todas las reglas de la gentilhombría. La honradez acrisolada de su palabra no cedía en nada a la honradez de sus acciones, y llevaba su culto por la virtud hasta la delicadeza de practicarla en silencio sin proclamarla como el fariseo.

Sin embargo, don Benito tenía las debilidades mundanas de los galanteos y había luchado en vano por muchos años sin poder reaccionar contra ellas. Soltero, sin familia, no pensaba sino en su buena fortuna por el momento y en su inocente partidita nocturna; pero con todo, desde el día que supo que yo estaba empleado en lo de don Eleazar, se preocupó por mi suerte, y día a día, al verme salir para mi empleo, me decía meneando la cabeza:

—¡Amigo, amigo, busque otro destino, mire que esa casa de don Eleazar es peligrosa! Vale más correr el peligro de perder la camisa, como yo, que exponerse a perder allí la honra.

Pero no era fácil salir de lo de don Eleazar, y además, el sueldo era bueno y el pago exacto. Se trabajaba: eso sí, se trabajaba noche y día, sin fin, sin tregua, pero ningún dependiente sabía lo que el otro dependiente hacía. Don Eleazar, que vigilaba constantemente el trabajo, estaba allí para evitarlo. Sus negocios eran múltiples y complicadísimos: prestaba y tomaba prestado a tipos usurarios, según las circunstancias; su influencia en la Bolsa era tremenda y misteriosa a la vez; la mitad creía que estaba a la baja, la otra mitad aseguraba que jugaba al alza; don Eleazar vivía en el escritorio y recibía allí a las gentes de todas clases, siempre con su aparente humildad, instalando ante todo su probidad, su desinterés y su honor comercial ante el interlocutor que, por más prevenido que estuviese contra él, terminaba por escucharlo y someterse.

Don Eleazar era ante todo un especulador; en su casa de comercio no se compraba ni se vendía sino papeles de Bolsa. De cuando en cuando, para variar, solía comprar algún gran pleito, y con la paciencia y la tenacidad de un israelita perseguía su gestión por todas las instancias, hasta liquidar y desenredar la madeja litigiosa a fuerza de dinero y de procuradores traviesos y experimentados.

Cautísimo hasta el extremo, don Eleazar jamás escribía una carta de su puño y letra, limitándose a firmar lo que él dictaba, no sin tener la precaución de leer siempre antes de firmar el manuscrito que le presentábamos.

En el comercio, don Eleazar estaba considerado como un corsario. Atacaba y pillaba al enemigo, pero cuando no encontraba adversarios a quienes acometer, o cuando él quería asegurar el éxito de una operación peligrosa, no tenía ningún género de inconvenientes en consumar actos de verdadera piratería, sin perder el aspecto venerable y majestuoso de su fisonomía, y aun llorando y cubriendo sus gavilanadas[139] con palabras de humildad que parecían salir del fondo de su alma.

Así sucedía no pocas veces en épocas de agitaciones bursátiles, que detrás del corredor que partía a venderle sus títulos, salía por otra puerta un segundo con encargo de hacer el alza; y por la tarde, cuando uno y otro regresaban a dar cuenta de sus operaciones, don Eleazar tomaba la palabra y hablaba en el lenguaje y el acento de un varón santo y convencido:

—Así es, señor don Tomás, así es; ya que ellos lo han querido, bien empleado les esté. ¡Ya usted sabe, señor, que a mí no me gusta hacer mal a nadie! Pero, ¿qué puede hacer un hombre honrado en estos tiempos de tan mala fe? ¡Es menester resguardarnos! Vea usted, señor: yo he hecho muchas obras de caridad en este país, cuando tenía cómo hacerlas; no hay uno de esos que me quieren arruinar, que no me deba todo lo que tiene. ¡Yo he sido siempre el mismo con ellos; dos fortunas he perdido por ayudarlos! Dos fortunas, señor, y sólo por necesidad me veo obligado a defenderme.

Y cuando don Eleazar llegaba al fin de su discurso, abría su caja de rapé[140], invitaba a su interlocutor, y en seguida sacaba de sus profundas faltriqueras un largo pañuelo de la India con el cual se sonaba las narices y se cubría el rostro, para hacer más expresivas sus lamentaciones.

En el orden interno del escritorio, don Eleazar era de una severidad que rayaba en crueldad; jamás una licencia, un respiro, un descanso para sus dependientes. Se trabajaba allí de día y de noche sin reposo, bajo la dirección inmediata de don Anselmo, el *alter ego* de don Eleazar; un mozo español, de cuarenta años, sagaz, alerta y ladino para los negocios como capeador para burlar el toro, y sin el cual rara vez don Eleazar celebraba conferencias sobre negocios delicados e importantes.

Don Eleazar jamás se presentaba en teatros, bailes y paseos. Venía por la mañana de su quinta en su clásico cupé tirado por dos caballos gateados[141], mansos y tranquilos, que volvían a conducirlo por la tarde o por la noche, si las exigencias del trabajo reclamaban su presencia en el escritorio después de comer. Pero, si don Eleazar no andaba en sociedad, su nombre y su influencia se dejaban sentir en mil formas distintas: en las elecciones formaba siempre parte en los dos bandos sin dar su nombre, y concurría eficazmente al triunfo de ambos partidos con sumas gruesas de dinero.

139 *Gavilanadas*: actos propios de un gavilán, rapacidades y astucias para la rapiña
140 *Rapé*: tabaco en polvo, que se aspira
141 *Gateado*: equino de pelo bayo oscuro y acebrado

El sabía bien que a los que saben negociar en política, esta buena madre les devuelve el préstamo con capital e intereses compuestos; y como para él lo mismo eran los nacionalistas y los autonomistas, los porteños y los provincianos, los federales y los unitarios, con todos promiscuaba, porque en la viña del Señor tanto valía para él ser judío como cristiano.

Una noche al retirarme tarde del escritorio, don Benito me esperaba en la puerta de la calle con evidentes manifestaciones de sobresalto.

—Y... –me dijo al verme–, ¿qué ha sucedido hoy en lo de don Eleazar?

—Nada –le contesté–, el día ha sido como el de ayer, sin novedad.

—¿Sin novedad? ¿Pero usted embroma o es tonto? –me replicó mirándome fijamente al rostro.

—Mi costumbre de no bromear nunca, me obliga a confesar que soy tonto. No sé lo que sucede...

—Pero, amigo, ¿qué?; ¿no sabe usted que su patrón ha quebrado? –me preguntó.

—¿Quebrado? ¡No puede ser, imposible! ¿Quién se lo dicho?

—¡Pero si es voz pública! –me replicó don Benito–, no se habla de otra cosa en la ciudad.

—¡Pues, señor, yo no he notado lo más mínimo en el escritorio, y hoy ha sido sábado, se ha pagado a todo el mundo!

—¡Hombre! ¿Está usted seguro? –me repitió don Benito con asombro.

—Como que estamos hablando en este momento.

—Pues sepa usted, mocito, lo que no sabe –me dijo, y tomándome confidencialmente del brazo, me llevó a su cuarto, me hizo sentar y me refirió lo siguiente, después de haber encendido un cigarro habano:

—Don Eleazar de la Cueva, como usted sabe, trae revuelta la Bolsa desde hace tres meses. Lo mismo que un general que con un ejército numeroso invade un país dilatado, él ha puesto en juego allí dos o tres millones de duros. Comenzó por comprar acciones de..., monopolizó el mercado, se hizo dueño de todos los papeles, y conseguido esto, manteniendo siempre la demanda, trataba de vender a precios exorbitantes lo que había comprado a precio vil.

"Pero don Eleazar ha encontrado la horma de su zapato; mientras sus agentes, divididos en dos bandos que operaban en sentido contrario, preparaban su golpe, él no contaba con que en esta tierra del papel moneda, una nueva emisión es asunto de poca monta, y la cuerda tirante con que él tenía presos a sus deudores, se ha aflojado; la nueva emisión se ha hecho y he aquí que la baja más espantosa se ha operado.

"En esta situación, don Eleazar ha resuelto no reconocer sus operaciones. El tiene razón hasta cierto punto; exige *fair play,* como los luchadores ingleses. En la casa de la Bolsa, todo es permitido como en la guerra: jugar públicamente al alza y clandestinamente a la baja; lanzar un *gato*[142], dar una

---

142 *Lanzar un gato*: lanzar una noticia falsa para favorecer alguna maniobra; de "gato" (lunf.) cómplice que se esconde en una casa para facilitar la entrada del ladrón

noticia de sensación, asegurar que la guerra con Chile es un hecho, que nuestra escuadra está en un estado atroz, que nuestro ejército será derrotado en caso de batalla; en una palabra, sembrar el terror sin consideraciones de ningún género por el patriotismo: pero jugar con armas de doble carga, no. ¡Eso no, eso nunca!... Don Eleazar en estas materias es correctísimo, y, sobre todo, cuando en vez de ser él quien apunta, acontece que es contra él contra quien se vuelven las bocas de los cañones. Pero lo peor de todo, mi amigo, no es eso. Lo peor es que don Eleazar, aprovechando su desgracia, porque es capaz de aprovechar todo y sacar de todo ventaja, ha resuelto no pagar a nadie. A él lo sitian por hambre, pero él les cercena el agua y el pan, y con la misma cuerda con que lo ahorcan, él procura ahorcar a sus adversarios."

—Quiere decir que yo me encuentro en la calle –le dije al oírle terminar su relación.

—¡Oh, no!, ¿cree usted que don Eleazar es hombre de despedirlo por cosas de tan poca monta?... No. Su quiebra es una quiebra que no lo arruina ni lo lleva al tribunal; todo se resuelve para él en no pagar; las deudas de Bolsa no son deudas, y en el caso de don Eleazar ha pasado ni más ni menos lo que sucede en una casa mala de juego cuando se apagan las luces: cada jugador defiende con el puño lo que puede, y le aseguro que su patrón sabrá defender lo suyo. No se alarme: no perderá el puesto.

—No me alarmo, don Benito, por tan poca cosa –le repuse riéndome a carcajadas–. ¡Soy yo quien resuelvo no volver al escritorio de don Eleazar! No me cuadran ni el hombre ni el empleo.

—Hace usted bien, amigo: eso lo honra.

—No, don Benito; ni me honra ni me deshonra; no hago una quijotada[143], ni tendría derecho para hacerla. Don Eleazar se ha portado bien conmigo; me ha pagado religiosamente mis sueldos y ha tenido el buen gusto de no imponerme de sus negocios.

—¿Y qué va usted a hacer?

—No lo sé, pero mañana lo sabré. Desde luego disponga usted de mi cuarto: ¡tenemos que separarnos!

—¿Separarnos? ¡Jamás! –me contestó el buen viejo irguiendo su noble cabeza y acompañando sus palabras con un gesto enérgico que denotaba el profundo sentimiento que le había ocasionado mi resolución–.

—¿Separarnos? ¡Nunca! –me repitió–; mire, Julio... Mira, hijo mío –agregó–, déjame que te tutee, mis canas me dan derecho para ello, ¿es cierto?

Y como yo le hiciera un signo afirmativo, prosiguió conmovido.

—Yo he respetado hasta hoy la resolución de tu tío, pero debo confesarte que he sufrido al verte en casa de don Eleazar. Ese empleo no te corresponde, y lo que no me explico es cómo Ramón te ha colocado allí...

—Mi tía, usted sabe...

—Sí, que lo gobierna como a un trompo; pero esa no es una razón para

---

143 *Quijotada*: acto heroico pero alejado de la realidad

que te descuide. Mira —me dijo—, desde hoy yo me encargo de ti. ¡Qué diablos! Soy viejo, pero tengo el alma joven todavía: seré tu padre y tu hermano al mismo tiempo. Tengo mala fama en el mundo: las mujeres como misia Medea me aborrecen, porque no creo en deidades políticas; y los hombres como don Eleazar tampoco me pueden pasar, porque no sé hacer negocios de los que ellos hacen. Viviremos juntos; de cuando en cuando oirás en mi cuarto alguna voz de mujer...¡qué quieres!... Soy hombre... súfreme estos extravíos. Las mujeres me enloquecen, por eso he tenido el tino de no volverme loco por una sola: me he enloquecido por todas y no me he casado con ninguna; espero no caer en la tentación de hacerlo en los años que tengo. Soy risueño, despreocupado y franco: vivo sin misterios y tomo la vida tal como es. Allá, en mis mocedades he leído mucho; una sola lectura me ha aprovechado de todas las que he hecho: ahí está junto a la cabecera de la cama: *Rabelais*.[144]

"Cuando tengas mi edad y hayas corrido el mundo, verás que tenía razón: es el único libro que ayuda a bien morir, por eso lo abominan los jesuitas. No tengo hijos, o más bien dicho, no sé si los tengo, porque, si lo supiera a ciencia cierta, no los negaría como padre; pero en la duda, tú bien sabes que es mejor abstenerse, porque esto de tomar como propias las obras de otros, es un poco grave. Y yo huyo del ridículo sobre todo. No tengo ningún amigo de mi edad: mis amigos son los jóvenes de la tuya, vivo con ellos, enamoro con ellos y escandalizo también con ellos este salón porteño en que hay muchas mujeres lindas y tanto tonto que se las lleva."

Y al terminar, don Benito me estrechó fuertemente en sus brazos y contra su pecho, y yo no pude contener las lágrimas que me saltaron a los ojos.

Al día siguiente me presenté en lo de don Eleazar, de mañana. El patio estaba lleno de gente que cuchicheaba y accionaba con animación: las puertas del escritorio, cerradas. Me acerqué y golpeé los cristales: al abrirme don Anselmo, que me reconoció, dos o tres de las personas del patio se arrojaron sobre la puerta con la pretensión de entrar

—Perdonen ustedes, no pueden ustedes entrar... —les dijo don Anselmo, y les dio casi con la puerta en las narices.

Y pude ver que uno de ellos levantaba el puño de la mano en actitud amenazante.

En dos palabras di cuenta a don Anselmo de mi resolución de abandonar la casa.

—Vaya, vaya, ¿a usted también lo ha picado la tarántula?

—A mí no me ha picado ninguna tarántula; ni quiero, ni tengo nada que ver con los que protestan afuera ni contra los que se encierran adentro; vengo a agradecer a don Eleazar el honor que me ha hecho y a comunicarle mi resolución. ¿Me quiere usted anunciar?

—No sé si podrá recibirlo a usted... —me dijo don Anselmo moviendo la cabeza.

144 *Rabelais*: Francois (1494-1553): humanista francés y autor de Gargantúa y Pantagruel, obra en la que el autor utiliza el humor para cuestionar y examinar las instituciones más importantes del Humanismo Renacentista de su época,

—Vea usted si puede... quiero cumplir lo que yo considero un deber.

Don Anselmo pasó a la habitación contigua, que era la de don Eleazar, y después de un rato regresó.

—Dice don Eleazar que puede pasar —me dijo.

Yo entré resueltamente. No olvidaré nunca el cuadro que se presentó a mi vista. Casi en el medio de la habitación, junto a un escritorio elevadísimo, donde Anselmo acostumbraba a escribir bajo el dictado de don Eleazar, sentado sobre un esqueleto de silla, estaba éste desayunándose, delante de una mesita muy poco más grande que el plato en que comía. Un sirviente gallego le servía, sin pausa, plato tras plato, y don Eleazar comía con la gravedad de un oso que devora su ración. En un rincón de la pieza, de pie, tres hombres presenciaban esta colación matutina en completo silencio.

—Entre usted, señor don Julio, ¿también nos abandona usted en los días de prueba?...

Yo expliqué las causas de mi renuncia, procurando convencerlo de que ella era completamente extraña al reciente desastre comercial; pero don Eleazar, conmovido, a pesar del apetito con que devoraba sus viandas, se daba maña para lamentarse con palabras que partían el corazón:

—Bien, joven, puesto que usted lo ha resuelto, separémonos; pero usted me hará justicia algún día... ¡Vea usted la situación a que me veo reducido! ¡Todo lo he perdido! Desde hoy vivo de la caridad de mis parientes; sí, señor, de la caridad de la familia... Aquí me tiene usted preso; ¡yo preso, en este país que he colmado de beneficios! ¡No ve usted, señor, que hasta la autoridad se complota en mi contra! ¡Vea usted, señor, todos esos hombres que se acercan a los vidrios y que me amenazan, me son completamente desconocidos! ¡Yo nunca he tenido trato con ellos! ¡No los conozco! ¡Y me persiguen, señor, me persiguen a muerte! ¡Vean ustedes a lo que estoy reducido! ¡A no poder comer estos bocados en mi casa, porque son hasta capaces de envenenarme! ¡Y si no fuera por mi fiel Juan —exclamaba mirando expresivamente al gallego que le servía el almuerzo—, si no fuera por él, quién sabe lo que habría sido de mí!

"Pero yo te recompensaré algún día... Tú sabes que todo lo he perdido, que no tengo nada, que me es imposible, por consiguiente, satisfacer mis compromisos. ¡Dilo, Juan, a todos; es posible que a ti te crean!... ¡Dígalo usted, joven, asegúrelo, usted sabe mis negocios, todos son claros, tan públicos, tan legítimos!... ¡Ustedes lo saben, señores, yo he sido víctima de gente —agregaba encarándose con don Anselmo, que le contestaba con un signo afirmativo— sin ley ni principios!... ¡Usted lo sabe, don Anselmo, usted sabe todos mis negocios, conoce mi casa!... ¡No me es posible cumplir, y no lo siento tanto por mí, sino por tanta persona excelente a quien tendré que perjudicar, contra todos mis sentimientos!... ¡Vean ustedes, vean ustedes cómo amenazan esos hombres! ¡Se creería que yo me he quedado con algo de ellos!... ¡Gracias,

Juan, gracias, hijo mío, sírveme el té, no tengo apetito! ¡Pruébalo tú primero, mira si tiene mal gusto! ¡Ah, señores, yo tengo la conciencia tranquila!

Y mientras don Eleazar se lamentaba, todos lo oíamos en silencio, como consternados por la horrible desgracia de ese hombre providencial que engullía como un tiburón, en medio de la catástrofe de su fortuna. Fueme necesario cortar de un golpe aquella eterna elegía y despedirme para siempre de ese antro en que había estado ocho meses.

¡Lo que es el mundo de malo! Al salir, los acreedores del patio, que echaban espuma por la boca, decían que don Eleazar había realizado quinientos mil duros de ganancia y que ellos se quedaban en la calle. ¿Quién podía creerlo?

# XI

Rigurosamente encorbatado de blanco, con un frac de Poole y un par de pumps de Thomas, don Benito penetraba una noche en mi cuarto, elegante y joven como un muchacho de veinticinco años.

Yo me vestía lentamente; aquella noche hacía mi estreno en el club. ¡El club!... No es necesario decir que es del Club del Progreso de que hablo, y que el baile en perspectiva es un baile de julio: la gran *attraction* de la *season* porteña.

—¿Todavía en ese estado?... —me dijo al verme complicado en los preparativos de la camisa; ¡es la una casi!...

—¡Ah!, ¿qué cree usted? Es cosa seria preparar una camisa... recuerde usted que me estreno.

—¡Ca!, un hombre elegante no se fabrica; nace. Mírame —me dijo, cuadrándose en el medio del cuarto.

—Bueno, tenga paciencia, yo no soy usted... yo no soy elegante...

—Sí, pero te cuadra Blanquita, ¿no?... Y no supongo que te prenderás como un tendero para enamorarla, mira que es mujer tan suelta y ligera como la madre... y quiero que la conozcas.

—No embrome con Blanquita, ya sabe que Blanca no me cuadra y que yo tengo una novia en...

—Está bien, cásate con aquélla, pero enamora a ésta... no seas tonto...

—¿Y si no me hace caso?

—¡Qué no! La madre te adora y la madre es la protectora de esa criatura.

—¡Oh! Fernanda me conoce desde muchacho; tenía veinticuatro años cuando yo tenía diez o doce, pero la hija...

—La hija es igual a la madre; ambas son mujeres de coraje y de avería, lindas como unas tórtolas y peligrosas como dos lobas.

—Esta noche estarán radiantes, serán las reinas del baile; el señor Montifiori hará brillar su legación vacante.

—¡Montifiori!... ¿Qué clase de hombre es Montifiori?...

—Te lo diré después... vamos, átate la corbata pronto.

—¿Va bien así? Muy grande el moño, ¿no?...

—No; está bien, las mujeres no se fijan en eso; el pescuezo de los hombres les es indiferente. Bueno, ponte el frac; ¡excelente! Estás hecho un lord. ¡Si yo tuviera tu cuerpo y tus años y tú mi experiencia!...

—¡Siempre el viejo proverbio, don Benito!... ¡Ah, no hay nada completo en el mundo!

Di una vuelta por mi cuarto, tomé mis guantes, puse el gas a media luz y salimos con mi viejo compañero. Hacía un frío de todos los diablos, pero el cupé[145] de don Benito estaba a la puerta; nos encerramos en él y empezamos a deslizarnos sobre los rieles del tranvía a todo trote. En cinco minutos estábamos en la cuadra del Club del Progreso: tuvimos que esperar algunos minutos más para que le llegara a nuestro carruaje el turno de acercarse, y por fin bajamos en la puerta entre un grupo de hombres y mujeres que subían apresuradamente la escalera muellemente tapizada y adornada con flores y guirnaldas verdes.

¿Quién no conoce el Club en una noche de baile? La entrada no es por cierto la entrada del palacio del Elíseo y la escalera no es una maravilla de arquitectura.

Sin embargo, para el viejo porteño que no ha salido nunca de Buenos Aires, o para el joven provinciano que recién llega de su provincia, el Club es, o era en otro tiempo, algo como una mansión soñada cuya crónica está llena de prestigiosos romances y en el cual no es dado penetrar a todos los mortales.

Don Benito conocía la casa desde su fundación y gozaba en ella de una influencia única. Al entrar, jóvenes y viejos lo saludaron con·cariño como a un antiguo amigo.

El buen viejo, poniéndome el brazo izquierdo sobre la espalda, me condujo al quiosco de cristales donde nos sacamos los paletós[146] y nos consultamos un momento la figura sobre los espejos.

En aquel momento la orquesta tocaba la última parte de las cuadrillas de *Carmen*...

Toreador, toreador en garde... y la música de Bizet, saturada, por decirlo así, en la sangre misma de Merimée, distribuía al cuerpo de las mujeres que formaban los cuadros, los tonos calientes con que el joven maestro ha rimado ese extraño poema de amores plebeyos y bajas venganzas.

El salón, híbrido, y en el cual el gusto refinado de un *clubman* de raza tendría mucho que rayar[147], desaparecía ante la masa compacta de hombres y mujeres que lo llenaban.

Mi viejo amigo me dio el brazo y entramos juntos a ocupar nuestro lugar en aquel *bouquet* porteño que julio forma todos los años con la exactitud con que se celebra un aniversario.

Es en un baile del Club del Progreso donde pueden estudiarse por etapas treinta años de la vida social de Buenos Aires: allí han hecho sus primeras armas los que hoy son abuelos. La dorada juventud del año 52 fundó ese centro del buen tono, esencialmente *criollo,* que no ha tenido nunca ni la distinción aristocrática de un club inglés ni el *chic* de uno de los clubs de París. Sin embargo, ser del Club del Progreso, aun allá por el año 70, era *chic,* como era

145  *Cupé*: coche cerrado con cuatro ruedas y dos asientos.
146  Paletó: Abrigo exterior amplio, más corto que un sobretodo. Gabán
147  *Rayar*: señalar, hacer notar

*cursi* [148] ser del Club del Plata, con perdón de sus socios.

La entrada era cosa ardua, no entraba cualquiera; era necesario ser crema batida de la mejor burguesía social y política para hollar las mullidas alfombras del gran salón o sentarse a jugar un partido de *whist* [149] en el clásico salón de los retratos que ocupa el frente de la calle Victoria.

En esta última sala, larga y fría como un zaguán, que ha sido empapelada cien veces por lo menos de verde o celeste claro y que ha consumido cincuenta distintas partidas de tripe de lo de Iturriaga, ha nacido una generación de la cual van quedando muy escasos representantes. Allí ha mordido la maledicencia urbana a los jugadores trasnochadores, a los maridos calaveras, a la juventud disoluta y disipada, y cada mordisco de mamá indignada ha hecho los estragos de la viruela en el retrato moral de las víctimas. La maledicencia de la gran aldea es como la calumnia del *Barbero de Sevilla;* del *venticello* pasa al huracán y ¡ay de aquél que se encuentre envuelto en la ráfaga!

El Club del Progreso ha sido la pepinera [150] de muchos hombres públicos que han estudiado en sus salones el derecho constitucional; literatura fácil que se aprende sin libros, trasnochando sobre una mesa de ajedrez; ¡y a mí, no sé por qué, se me ocurre que algunos de los retratos de los hombres de Mayo [151] que presencian aquel grupo de pensadores, hacen una mueca cada vez que un pollo [152] acompaña un discurso sobre la libertad del sufragio con un golpe que asienta sobre el damero una reina jaqueada por la chusma de los peones sobrevivientes!

¡Falta allí el retrato del padre Castañeda! [153] ¡Y sobre todo, falta el espíritu! ¡También veinte, treinta años de hacer lo mismo!

Hasta hace muy poco, la biblioteca no era muy copiosa que digamos. Mucha *Memoria,* mucho *Registro Oficial,* pero a condición de no encontrarse nunca cuando se pedían; y en la mesa de lectura, todos los diarios porteños, vacíos y estériles como sábanas de monja, luciendo el artículo editorial al frente, extenso riel de plomo en que, para valerme de una figura bíblica, se fatigan los caballos de la imaginación. En la mesa de lectura el *Illustrated London News* y la *Revue* (casi sería inútil agregar *des Deux Mondes,* si no habláramos en el club); la *Revue* en que M. de Mazade produce el artículo burgués que en un tiempo firmaron Forcade y Lanfrey y algunos diarios franceses que casi siempre sirven de adorno, como esos ramos secos que se pudren en las salas por olvido de los sirvientes. A pesar de esto, cualquiera creería que allí se lee... ¡nada de eso! Allí se conversa: en el grupo de muchachos alegres y espirituales, que entra a las 12 de la noche repitiendo la última nota de Tamagno[154], no falta un ejem-

148  *Cursi:* aquello que pretende de fino y elegante y resulta ridículo y de mal gusto
149  *Whist:* juego de naipes de origen inglés
150  *Pepinera:* almáciga, lugar donde se plantan las semillas para luego transplantar los brotes a otro lado
151  *Hombres de Mayo:* próceres argentinos que participaron de la Revolución de Mayo de 1810
152  *Pollo:* (fam.) joven aprendiz de algo
153  *Padre Castañeda:* Fray Francisco de Paula Castañeda (1776-1832). Franciscano, educador y periodista argentino. Empeñado en institucionalizar la enseñanza artística, atacó en sus artículos periodísticos a Bernardino Rivadavia.
154  *Tamagno:* Francesco Tamagno (1850 - 1905), célebre tenor italiano

plar de denso burgués pantagruélico, gastrónomo noctámbulo, engordado y enriquecido por el vientre libre de sus vacas, que se hace servir allí mismo un chorizo por noche, mientras que, con el profundo desdén del bruto feliz, descuidado el traje, pelado a la *mal–content,* mira todo lo que lo rodea con satisfecha apatía, llevando la mano al renegrido cabello y dragándose la caspa de aquella mollera inerte con la uña afilada del índice.

No falta tampoco el idiota de la aldea, magín [155] descompuesto, candidato de pillos, víctima de las bromas aldeanas, enloquecido con ideas sobre filantropía, abriendo la boca de admiración y pestañeando con un ojo que sufre de perlesía [156] intermitente, mientras la pupila del otro se le sale como el carozo de un durazno prisco[157].

Ni el Tenorio de suburbio que no se modifica; que se viste hoy como ayer, con abalorios de altar mayor y prendas de precio fijo; sano, insulso, inofensivo, olvidado por los buenos y mortificado por los que todavía creen que es de buen tono zaherir o burlarse de los inocentes.

Y entre esta sociedad híbrida e incolora como la Memoria de un ministro, mi amigo don Benito, cuya acrisolada y noble honradez se confunde por el positivismo [158] contemporáneo con el sueño de un iluso, solía de repente estallar con noble sarcasmo, sintiendo probablemente cuán estériles han sido las desgracias del pasado y cuán injustamente ha repartido el destino sus favores en el presente.

Pero el club es el club, y aquella noche, los violines, riendo bajo la cuerda de los arcos, transmitían la alegría y el entusiasmo singular de la música a todos los semblantes.

De pie, delante de la puerta que da paso a la gran escalera del comedor, yo seguía el vuelo espiralado de las parejas impelidas por el soplo caliente de un vals de Metra[159]. No sé por qué, esos valses fascinadores, de cumplidas y ondulantes frases, que parecen dibujadas en el éter por la batuta mágica del maestro, me produjeron una profunda melancolía, trayéndome al recuerdo unos versos en que Hugo contempla, a través de los cristales empañados por el frío de la noche, el cuerpo de su amada enlazado por el brazo de un rival feliz.

¡Pero qué variado espectáculo!

¡Cuánta mujer ideal y atrayente bajo la trama cariñosa de esas telas modernas, cómplices de la carne y del contorno que este siglo materialista teje con alas de pájaro o pétalos de flores exóticas! ¡Cuánto ser grotesco de fealdad repugnante, de doloroso raquitismo, brincando sin gracia, marcando la nota chillona del ridículo!

¡Cuánto contraste!

155  *Magín*: imaginación
156  *Perlesía*: parálisis
157  *Durazno prisco*: durazno cuyo carozo se desprende fácilmente de la pulpa
158  *Positivismo*: filosofía del francés Auguste Comte, derivada del empirismo, la cual postula la observación y la experiencia. En Latinoamérica se aplicó los postulados de dicha filosofía para analizar profundamente y mejorar las nacientes sociedades poscoloniales.
159  *Métra*: Oliver (1830-1889) compositor francés autor de valses de mucho éxito

¡Cuánta cara foránea, ahorcada por cuellos anticuados, encorbatada de raso tórtola, bizantinamente enfracada, con pantalón en forma de caño y botines de brasileño guarango! [160]

¡Cuánto gallo viejo sin púas, forcejeando contra el tiempo en vano, con las armas débiles de los untos! ¡Cuánto ser insípido, abriendo la boca satisfecha y marchitando con su trato insoportable a tanta mujer linda y atolondrada que busca su ideal sin encontrarlo!

¡Cuánta mamá achatada por la gente que pasa, sirviendo de mojón en los sofás de lampás [161] crema!

¡Cuánto marido tolerante que entrega su mujer a la garra de los halcones y que se sitúa en el buffet con el sentido práctico de un convencido!

¡Cuánto viejo fatuo, teñido de pies a cabeza, prendido como un paje, que apesta a menta desde lejos y que instala sus pretensiones intolerables ante cualquier mujer bonita, para que el mundo le cuaje el sabroso renombre de afortunado! ¡Cuánto muchacho alegre y filósofo, pollos de la aldea, que conocen la aldea y que toman la partida con el buen humor de los descreídos!

El baile estaba en su apogeo, cuando sentí en torno un murmullo. Dos mujeres del gran mundo entraban en el salón y las parejas se abrían para darles paso. Don Benito acompañaba a una de ellas, y la otra, contra la más estricta regla de nuestros salones, caminaba sola al lado. Don Benito vino derecho a donde yo conversaba con un grupo de amigos.

—¡Julio! –me dijo con la más perfecta y aristocrática urbanidad–: ¡Fernanda! –y dándose vuelta y señalando a la más joven, repitió, como toda presentación–: ¡Blanca!

Me incliné reverenciosamente y al levantar los ojos, vi la imagen doble de mi compañera de teatro ¡dieciocho años ha!...

—Me parece que nosotros somos viejos amigos –me dijo Fernanda. Y como queriéndome dar confianza, agregó: ¡Pero usted es un hombre!

—¡Señora... señorita!...

Y a una finísima mirada de don Benito, imperceptible casi, yo extendí mi brazo y Blanca se colgó de él con franco y dulce abandono.

No podía darse un retrato más semejante a Fernanda. Para mí Blanca era una verdadera resurrección del pasado; la misma aparente frialdad de la madre, la misma palidez casi mate; los grandes y sombreados ojos de Fernanda, y un busto, que dejaba ver un escote en el que los nervios preponderaban sobre la carne. Por último, un brazo que podía ser un tanto largo, pero que, bajo fino y suelto guante de piel de Suecia, tenía yo no sé qué encanto voluptuoso, mil veces más ático[162] y más puro que el que revela un pie bien calzado cubierto por una media de seda obscura.

El vestido de Blanca era una antítesis con su serena palidez: una pollera corta de tul de seda color fuego, estrecha, determinaba como un calco las líneas misteriosas del cuerpo, dejando ver, bajo el ruedo, un zapato de raso del

160 *Guarango*: incivil, mal educado (ver nota #8, pág. 3)
161 *Seda "lampas"*: tela similar al brocado, Del latín lampare, brillar. El fondo raso destaca el dibujo producido por el juego de tramas.
162 *Ático*: de la Atenas griega, símbolo de pureza y elegancia de formas

mismo color, sumamente escotado, en el que aparecía el más bello y atracti-
vo pie de mujer.

Una bata de terciopelo fuego encerraba apenas el misterio de su pecho,
dejando adivinar las líneas audaces de sus senos altos y erguidos como los de
la Venus de Milo. En la cabeza dos peinetas de oro de una sencillez irreprochable sostenían su cabello rubio mate, y fuera de las numerosas cadenas de
pulseras que rodeaban sus brazos, ni una sola alhaja, ni una sola flor, ni un
solo adorno, lucían en aquella mujer.

—¡Qué espléndido vals! –me dijo–, bailemos, yo no resisto...

La enlacé estrechamente y la imaginación debió traerme, como una brisa en aquel momento, el suave perfume de Fernanda. Blanca reclinó su me-
jilla sobre mi hombro, el muelle contacto de sus senos estremeció mi pecho,
toméle la mano con fuerza y rodeando su talle flexible y admirable la danza
lasciva nos arrebató en su torbellino. Blanca bailaba como una inglesa de la
vieja estirpe; sin reservas, pero también sin el grosero materialismo de una
mundana; de vez en cuando, los vaivenes ondulantes del vals, en que los cuerpos se deslizan con la música, nos unían involuntariamente, y yo sentía ese estremecimiento inexplicable que produce la lucha de la timidez con la audacia, cuando el cuerpo de una mujer joven y linda toca y calcina esta miserable
arcilla humana de que están hechos todos los seres desde Satanás hasta San
Antonio.

El vals tocaba a su término; mi compañera se me había entregado completamente. En el mareo embriagador de sus últimos giros, columbré el rostro de don Benito, que del brazo de Fernanda nos miraba con una sonrisa mefistofélica[163], en el momento en que el eco de los violines se apagaba, y Blanca
caía fatigada voluptuosamente sobre un sofá que la sostuvo y balanceó un instante en sus muelles y flexibles elásticos.

—Pero usted valsa como nadie... Yo no podría valsar con otro después
de haber valsado con usted.

—Y bien, señorita, la cuenta es muy sencilla: bailemos todos los valses...

—¡Oh! ¿Y los compromisos?... –me dijo con cierta petulancia altiva.

—Es muy sencillo: los viola usted –le repliqué con igual tono.

—¡Me cuadra–! Está hecho el trato.

En ese instante nos detenía un joven grueso, de lentes, rosado, rubio y lindo como un retrato al pastel, con un ambiente de insignificancia que se aspiraba de lejos.

—Muy buenas noches, señorita. ¿Quiere usted darme el próximo vals?

—No me es posible, doctor Bello; estoy comprometida –contestóle Blanca con indiferencia.

—¿La cuadrilla?...

—Me fatiga bailar cuadrillas –replicóle en el mismo tono.

—¿Entonces los lanceros?...

163  *Mefistofélica*: de Mefistófeles, agente de Satán

—Menos, doctor...

—¿Entonces qué quiere usted darme? —preguntó aquel desgraciado e incómodo pretendiente.

—Nada —se apresuró a contestar don Benito, que en ese mismo instante llegaba a nuestro grupo.

El joven doctor tragó saliva lastimosamente, pero Blanca, reaccionando con generosidad en su favor, le dijo:

—Pasearemos esta mazurca —y señaló la pieza perdida en el epílogo del programa que comenzaba.

Seguimos con Blanca; paseamos la pausa y atravesamos el gran salón en dirección al salón punzó [164] de la calle Victoria. Al entrar cn él, un grupo de hombres, entre los que estaba mi tío Ramón, saludó a mi compañera con lisonjas y elogios. Blanca se detuvo.

—¡Ah! papá ¿qué haces?... —y dirigiéndose a los demás, les estrechó francamente la mano mientras yo hacía una reverencia.

Era en efecto el doctor Montifiori, el marido de Fernanda; un ex diplomático de un país híbrido como la Herzegovina o el Montenegro: no importa. Mientras nos detuvimos, yo lo observaba.

El doctor Montifiori era un personaje de edad reservada pero con aire de *garçon* [165]. Sabía llevar con cierta elegancia negligente la ropa que vestía y se conocía que el gusano había vivido siempre dentro de seda. Corríase que al casarse con Fernanda, veinte años atrás, el doctor Montifiori había enajenado su interesante personalidad en cambio de la belleza de su esposa y ocupado una legación en no sé dónde.

Corríase también que aquel *lion,* a pesar de su edad, había sido el *enfant gâté* [166] y el *bon papa* [167] de esas famosas golondrinas que vuelan en invierno a mediodía en sus carretelas por el *Bois* [168], custodiadas por un lacayo impertinente y acompañadas por perros microscópicos de esas razas artificiales con que el sibaritismo parisiense falsifica las nobles obras del Creador.

El doctor Montifiori se movía por el salón como una góndola con proa de ánade: tenía un abdomen formado sin duda por las golosinas de los banquetes de embajada, a los que concurría invariablemente a pesar de su retiro. Sus rubicundos cabellos y sus patillas inglesas, incluso su bigote recortado como el de los banqueros de Lombard Street [169], debían el brillo de su lustre a las caricias de un pan de cosmético en constante ejercicio sobre la mesa de *toilette*. No hay duda, el doctor Montifiori vivía teñido desde los pies hasta la cabeza. Como todos los viejos *dandys,* después de tragar sus píldoras de salud, entregaba su figura a los afeites milagrosos de Guerlain, y como si se sumergiera en la fuente de Juvencia [170], se bañaba con precauciones en agua tibia y

---

164  *Punzó*: rojo encendido
165  *Garçon*: (fr.) joven
166  *Enfant gâté*: (fr.) niño consentido
167  *Bon papa*: (argot) literalmente buen papá, protector de una mujer a cambio de favores sexuales
168  *El Bois*: el Bois de Boulogne, en París
169  *Lombard Street*: calle comercial y bancaria en Londres
170  *Fuente de Juvencia*: mítica fuente de la eterna juventud buscada por Juan Ponce de León (1460-1521) durante sus expediciones a La Florida

perfumada, dormía como los donceles de César en lecho de plumas y su medio siglo largo, necesitaba después de sus encantadas *soirées*[171], que el edredón de los sibaritas cubriera y protegiera sus miembros fatigados como los de Júpiter, después de sus transformaciones.

Montifiori era un epicúreo [172], y por eso, el salón de Fernanda era renombrado por el gusto y por el eximio buen tono que perfumaba todos sus detalles. Acostumbrado a sentarse diariamente a una mesa verdaderamente ática como manifestación culinaria, Montifiori pasaba con razón por un *gourmet* de estirpe, por un paladar maestro para catar una becasa *au madère* [173], servida sobre un plato de Saxe[174]. Y así, aquel gran vividor, acostumbrado a mirar los zafiros y rubíes de sus anillos de oro mate al través del diáfano cristal, lleno con los topacios líquidos del Sauterne, y a saborear la nube perfumada del tabaco de Cuba, debía sufrir mucho, cuando mi tía Medea, a quien frecuentaba, lo sentaba a su mesa a comer aquellos platos dignos sólo de su robusta pepsina [175] de *ñandú*.[176]

Montifiori, como todo hombre del gran mundo, con marcada tendencia al europeísmo, hablaba con bastante afectación el francés y murmuraba el inglés con una increíble adivinación del acento peculiar de este idioma.

Estaba en todos los golpes de *petits mots*[177], sabía sacar partido de esas deducciones híbridas de las palabras, que los parisienses consiguen hacer con los dientes superiores y la nariz, indicando apenas las expresiones hasta casi llegar a formar una charla de monosílabos breves, rápidos, fugaces y casi eléctricos, que hacen la desesperación de todos los que han aprendido el francés por el Ollendorf [178].

Al lado de Montifiori contemplaban el baile dos caballeros más, el viejo ministro de Estado doctor don Bonifacio de las Vueltas, político ducho, orador brillantísimo y eficaz, gran brujuleador de cámara y antecámara, fina inteligencia, blanca erudición, débil y bondadoso, embrollón como una modista de alto tono, pero de una intachable honradez privada. Se balanceaba a su lado con movimientos de odalisca[179] otro personaje diminuto, que a una fisonomía árabe despejada, de ojo poético y penetrante, reunía ciertas antítesis morales y físicas que revelan un prisma de nuestra raza sudamericana. Su palabra elocuente, un tanto enfática y voluptuosa, se apretaba, al salir, entre los dientes y los labios, al mismo tiempo que llevaba ambas manos al vientre y se contoneaba delante de las señoras como un palomo que corteja a la palo-

171  *Soirées*: (fr.) veladas nocturnas
172  *Epicúreo*: aseguidor de Epicuro (341 a.C.-270 a.C.), filósofo griego nacido en la isla de Samos cuya doctrina más conocida es que el placer constituye el bien supremo y la meta más importante de la vida.
173  Becasa au Madère: chochaperdiz (scolopax rusticola) en salsa de vino de Madeira
174  *Saxe*: (fr.) Sajonia, Alemania, conocida por sus fábricas de porcelana fina
175  *Pepsina*: principio que se encuentra en los jugos gástricos y actúa como fermento de la digestión
176  *Ñandú: Pterocnemia pennata*, ave corredora autóctona de la familia Rheidae, parecida al avestruz
177  *Petit mots*: (fr.) literalmente palabritas, palabras de moda
178  *Ollendorf*: método para la enseñanza de idiomas muy divulgado en el siglo XIX.
179  *Odalisca*: danzarina árabe

ma dando vueltas en el borde del mechinal [180]. Era sin duda aquél uno de los finos artistas de la palabra y de la frase, según se decía; había caído de las más altas posiciones, y mi tía lo abominaba como todo el partido de la gran política que no lo conocía sino por el apodo que se le daba y que no es del caso mencionar.

—Señorita Blanca, presento a usted mis más sumisas manifestaciones de respeto y admiración –dijo el doctor de las Vueltas, entreabriendo su boca como un pimpollo.

—¡Oh, doctor! tantas gracias –contestó Blanca.

—Es usted la reina del baile. Lleva usted mis parabienes, Blanca... ¡aaah!... ¡está usted espléndida... aaah! –decíale el compañero de don Bonifacio, arrullando alrededor de Blanca.

—¡Oh! déjeme, doctor, que lo felicite por su folletín de *El Nacional;* ¡qué linda, qué linda página!

—¿La ha leído usted? ¡Linda era, en efecto!... ¡Qué lástima que mis ex ministros no sean capaces de juzgarla; son todos unos civilistas[181]... aaah! –dijo el doctor, mirando al señor de las Vueltas con marcada intención.

Montifiori a su turno conversaba con el doctor de las Vueltas a propósito de un caballero de las provincias que había pasado atufado y sin saludar al grupo.

—Pero algo debe tener con usted, querido Montifiori, porque conmigo cultiva la más cordial amistad.

—En efecto –decía un gallo viejo de *monocle* que formaba parte del grupo–, *il a l'air bien farouche* [182].

—¡Ja, ja!, mis buenos amigos; es el doctor Escañote, de Corrientes, un incorruptible, me detesta, ¿y saben ustedes por qué? Una noche en París este señor, que se había instalado con toda su prole en un mal hotel de cuarto orden, hacía la cola en la boletería de *Variétés* donde se daba la *Femme à papá,* una mononería de cosas *cochonas*[183] en que Judic [184] hace caer la baba. El buen señor, sin conocer las reglas de la cola, pretendió saltar su turno y pasar para romper la muchedumbre el muy *sot*[185]; ¡claro! se armó un alboroto. Ese pobre señor tenía la desgracia de no hablar una palabra en francés, e interpelado por los *agents de ville*[186], contestaba con el acento peculiar de su provincia:

"¡No me lleven así!... ¡soy forastero, correntino, de la República Argentina!..." y qué sé yo qué otras cosas.

180 *Mechinal:* agujero cuadrado que se hace en las paredes para fijar un andamio. Los agujeros en las paredes de un palomar
181 *Civilistas:* partidarios del positivismo atenuado, que propugnaba interpretar el texto de la ley conforme a la doctrina de la exégesis. En ese momento la discusión era entre los partidarios del positivismo extremado, seguidores de Kelsen, y del positivismo atenuado, posición que se atribuye a Vélez Sársfield, autor del Código Civil Argentino
182 *Il a l'air bien farouche:* (fr.) tiene un aspecto muy extraño y salvaje
183 *Cochonas:* (fam.) procaces; deformación de *cochon,* cerdo en Francés.
184 *Anna Judic* (1850-1911) Actriz y cantante francesa
185 *Sot:* (fr.) falto de juicio
186 *Agents de ville:* (fr.) policías

De repente, *malheur,* me divisa, me conoce entre la ola de la muchedumbre y me grita: "¡Señor Montifiori, paisano, compatriota, venga a salvarme, me quieren llevar a la comisaría!" Figúrese usted, doctor, yo iba en aquel momento nada menos que del brazo de ese espléndido ¡ *Prince de Trois Lunes, un homme charmant, comme ciceroné* ! Salíamos de Brignon, era imposible codearme con aquel *rastaqouère* [187] guaraní. El príncipe notó sin embargo mis señas y me decía: *"Comment! c'est un de vos compatriotes qui vous appelle, n'est- -ce pas?"* [188] ¿Qué podía yo contestarle... *"Bah!, non pas, mon cher prince, c'est un parvenu, je ne le connais pas!"* [189]...

—¿Y cómo concluyó el incidente? –preguntó el señor del *monocle.*

—Pero muy sencillamente: cenando nosotros en el Café Anglais y mi correntino [190] durmiendo en la comisaría.

—¡Ja, ja! –y todos a una reían de la espiritual aventura de Montifiori.

—¿Y qué es de tu mamá, Blanca? No la veo... –le preguntó a su hija.

—Ahí anda, con don Benito... –contestóle su hija haciendo un gracioso movimiento de cabeza.

—¡Joven y linda como la hija! *Mater pullchra, filia pullchrior*![191] –exclamó el doctor, esbozando en su rostro moreno una sonrisa afectada y contoneándose siempre con las manos sobre el vientre.

—Bien, jóvenes –díjole Blanca–, yo tengo sed, quiero tomar un helado; señor don Ramón –agregó dirigiéndose a mi tío–, lléveme usted a tomar un helado. ¿Me permite usted que lo abandone por su tío?

—Con tal que el próximo vals sea mío... –le contesté.

—¡Oh, bien claro! tenemos un compromiso formal –me contestó, y soltándome el brazo, lo entregó coquetamente a mi tío Ramón y ambos se retiraron del grupo.

—¿No es cierto que mi hija es *charmante* ? –dijo el doctor Montifiori al verla retirarse.

—Es una señorita, mi querido doctor, llena de atractivos, y usted me permitirá que le reitere mis más entusiastas felicitaciones y plácemes sinceros –contestóle el doctor de las Vueltas, empleando el tono más melifluo de su voz.

—Es una nereida[192], una verdadera hurí [193], tiene la hermosura de Dido[194] y el paso de una diosa... –exclamó el otro doctor entusiasmado.

---

187 *Rastaqouère*: rastacueros, vividor. para los franceses extranjero que vive con gran tren sin que se conozcan los orígenes de sus dineros.

188 *Comment! c'est un de vos compatriotes qui vous appelle, n'est–ce pas?*: (fr.) "Cómo! es uno de vuestros compatriotas quien lo llama, no es así?"

189 *Bah!, non pas, mon cher prince, c'est un parvenu, je ne le connais pas*: (fr.) "Bah, no, mi querido príncipe, es un recién llegado, yo no le conozco"

190 *Correntino*: oriundo de la provincia argentina de Corrientes

191 *Mater pullchra, filia pullchrior*: (Lat.) "madre bella, hija bellísima"

192 *Nereida*: en la mitología griega, ninfas del mar Mediterráneo. Hijas de Nereo, el viejo hombre del mar, y de su mujer, Doris. Las nereidas más famosas eran Tetis, madre del héroe griego Aquiles, Anfitrite, la mujer de Poseidón, dios del mar, y Galatea, de quien se enamoró el cíclope Polifemo.

193 *Hurí*: mujer bellísima creada, según los musulmanes, para desposar a los creyentes en el paraíso

194 *Dido*: en la mitología griega, fundadora legendaria y reina de Cartago.

—Nosotros no tenemos papel que desempeñar en este baile... Mucha mamá *demodada*[195]; y no es posible *glisarles*[196] nada a las jóvenes sin que se ofendan. Por eso, mi querido de las Vueltas, es que yo amo a la mujer fácil... ¡*Variedades!*... Anoche *Fleur d'Eglantier*[197] estuvo apetitosísima en la *chansonette... Quelle chatte!* [198]

—¿Sí, y qué cantaba?

—*Oh, mon cher* !, cantaba *Mon Oscar* !... estábamos en el *avant–scène*, con los *attachés* de la legación turca, y la muy ricotona me cantaba a mí solo todos los *couplets*... la sala ardía de envidia... Yo estaba irreprochable... mis zapatos barnizados, mis guantes amarillos, un sobretodo de cuellos de *silkskin*... en fin, ¡espléndido! Subimos en mi cupé clarénce [199] y cenamos en el café de París soberbiamente... unas *armoricains* y un *homard* que sólo ese Sempé es capaz de proporcionar en esta tierra imposible. ¡Qué mujer tan *flirtante* !... ¡Me llamaba *mon petit Pichonot* !

En este instante mi tío Ramón regresaba con Blanca del *buffet*.

—Comienza nuestro vals, señorita, y yo lo reclamo. Tío, usted se queda con sus amigos y me devuelve la compañera, ¿no es así? –le dije a mi tío Ramón.

—Te la entrego, siempre que ella lo consienta –me contestó, y como Blanca se desprendiera sonriendo de su brazo, mi tío la dejó hacer y nos alejamos de nuevo de aquel grupo, que formaba uno de los más interesantes cuadros del salón.

El vals recomenzaba; entramos en el gran salón y nos perdimos en el mar de danzantes. Blanca había pasado de su interesante palidez a un encarnado suave, que revelaba la excitación involuntario que provocan en la mujer la música y el baile.

El último vals lo había bailado con un espíritu y un ardor de veinte años. Sus ojos claros, melancólicos y un tanto estáticos por lo general, se habían alumbrado con un fuego intenso; su boca entreabierta delataba esa seductora molicie que invade todo el organismo delicado de la mujer en las horas fugaces de la fiesta.

Nos sentamos en un sofá al concluir la pieza que habíamos bailado, y como yo tratara de guardar cierta distancia respetuosa, dejándose caer sobre el respaldo del asiento e inclinando la cabeza graciosamente, me dijo:

—¿Por qué tan lejos? Acérquese usted más... tome mi abanico, déme aire, me sofoco...

Obedecí maquinalmente, y al acercarme rocé con suavidad su rodilla, que se adivinaba a través de la veste, y sentí su contacto tibio y carnal.

—Más cerca, abaníqueme usted... así... ¡oh, ahora se respira!... –y suspiró con toda el alma, y al suspirar, las curvas de su seno se desprendieron un instan-

195  *Demodada*: del francés *demodé*, fuera de moda
197  *Glisarles*: del francés *glisser*, deslizar
197  *Fleur d'Eglantier*: literalmente "rosa mosqueta" nombre ficticio de una actriz
198  *Quelle chatte!*: (fr.) "qué gata!"
199  *Cupé clarénce*: coupé con el agregado de un asiento trampolín para una persona o dos niños.

te del tul que las cubría y volvieron a dibujar su sobrio pero voluptuoso busto.

Yo me había acercado a mi compañera todo lo que el buen gusto permite.

Felizmente en aquel momento se organizaba una cuadrilla, y la fila compacta de las parejas nos cubría de las miradas de todo el mundo. Hay veces que un baile es más solo que un desierto. La música rompía en seguida y Blanca y yo, en nuestro sofá, gozábamos de la ventaja de que nadie se preocupara de nosotros.

—¿Y su padre? ¿hace mucho que murió?... —me preguntó con un acento lleno de ternura.

—Veintidós años, cuando yo era un niño... –le contesté.

—Es triste sin padre y sin madre, tan joven...

—Muy triste, Blanca.

—Y tanto más, cuanto que usted no tiene fortuna y la fortuna es hoy indispensable en Buenos Aires. Sin fortuna la vida debe ser abominable. Al menos, yo no la concibo.

—¿No cree usted en el amor?...

—¿Solo? –me observó vivamente.

—Sí –le dije mirándola con fijeza.

—¡No! –me contestó ella con indiferencia– ¿quiere ser mi amigo? ¿Quiere guardarme una confianza?... Yo soy una mujer rara, extraña. Yo no he amado nunca y no sé si lo que he sentido alguna vez, puede llamarse amor; pero jamás, aun amando mucho, me casaría nunca con un hombre pobre. Tengo horror, miedo, por la pobreza...

—Es triste –le repliqué–; ser de un hombre a quien no se ama, debe ser algo terrible en la vida...

—No lo creo. Se puede amar al marido, amarlo como a un amigo... al fin el marido no es otra cosa a la vuelta de diez años. ¿Cómo concibe que don Ramón, su tío, esté enamorado de misia Medea? ¡Imposible!

—¡No, Blanca! Pero, si usted se casa con un hombre a quien no ama, ¿cómo puede cerrar su alma para siempre, usted flor del mundo al fin?...

—¡Pero, no cerrándola, amigo mío!... Yo no sé si algún día me enamoraré, pero si tal cosa sucediera, soltera o casada, yo seguiría el imperio de mis pasiones...

—¿Casada, también? –le pregunté aproximándome todo lo más posible.

—¡Casada, también! –me contestó, y su aliento me embriagó el rostro. Aquella mujer estaba enloquecedora en aquel momento.

La noche, aunque de julio, era tibia, y los balcones que dan a la calle del Perú, estaban entreabiertos: nosotros estábamos sentados cerca del tercer balcón. Una pareja de ésas que se forman con una mamá aburrida y un acompañante de compromiso, vino a sentarse a nuestro lado y nos consagró una mirada de indiscreta curiosidad. Yo aproveché la ocasión para invitar a Blanca a que abandonásemos el campo al enemigo y ella aceptó. Al pasar junto a la puerta del balcón, exclamó:

—¡Qué espléndida noche! —y se detuvo un instante sobre el marco de la puerta—; ¡hace un calor tan insoportable en la sala!

—En efecto, la noche es soberbia —le dije—; ¿salgamos al balcón? —agregué acompañando mi palabra con una ligera presión en el brazo que tenía enlazado con el mío.

—Nos criticarán... —me repuso—. Este mundo no ve bien estas cosas... pero a mí no me importa nada de él, salgamos —agregó resueltamente, y tomando ella misma la hoja de la puerta, la abrió y juntos entramos en el balcón.

Eran las tres de la mañana, la luna en menguante ya, iluminaba los techos de la ciudad dormida, la calle estaba solitaria, los faroles de gas, con su luz roja, titilaban, formando desde la esquina del club hasta el Retiro[200] una senda que parecía alumbrada por candilejas.

Al entrar en el balcón, alguna pareja nos había entrecerrado de nuevo las puertas y desde afuera, donde imperaba la sombra, hacía un contraste raro aquella sala profusamente iluminada en la que las diferentes tintas de los trajes, la música y el bullicio, producían un movimiento variado y constante.

—Nos han encerrado —me dijo Blanca— ¡es original!...

—¿Tiene usted miedo de estar sola conmigo?... —le pregunté.

—¡Miedo yo! jamás lo he tenido... ¿qué podría temer de usted?

—¿De mí?... nada, sino que la admiración que usted me inspira me hiciera aprovechar este momento para cometer una locura.

—¿Qué locura? —me dijo, echándose para atrás con una sonrisa llena de voluptuosidad.

—Esta... —le contesté, y avanzando sobre el espacio del balcón hasta el rincón en que termina la reja, la impulsé suavemente, le saqué en un segundo uno de sus guantes, le tomé la mano, la llevé a mi boca, le rodeé con mis brazos el cuello y la cubrí de besos mudos e intensos que ella rehuía apenas, riendo entrecortadamente con cierta frialdad irritante.

El reloj del Cabildo golpeó en aquel momento las tres de la madrugada, y el eco de la campana se extinguió en el silencio de la noche.

—Sabe que tengo un hambre devoradora y que siento frío —me dijo—, entremos —y su rostro, al pronunciar estas palabras, no reflejaba la más mínima impresión por lo que acababa de suceder.

—Blanca —le dije—, ¿me ama usted?...

—No lo sé —me repuso—. ¿Para qué quiere saberlo? ¡Aunque lo amara, no me casaría con usted!...

—¿Por qué?

—Porque usted no tiene nada. Yo soy una mujer que ama mucho el mundo y el lujo... Necesito un marido que sea capaz de proporcionarme todos mis gustos... Deje que se presente, y, entretanto, ámeme, siga amándome, le daré todo mi corazón —añadió riendo a carcajadas. Y cambiando de tono y como

---

200 *el Retiro*: barrio porteño donde a principios del siglo XVII se instaló una ermita —denominada "San Sebastián"— donde se practicaban retiros espirituales. Actualmente zona centrada en la actual Plaza San Martín

adoptando una resolución, añadió:

—Tengo hambre ¿lo oye usted? ¡Lléveme a cenar!

Salimos del balcón y entramos de nuevo en la sala. Yo tenía la sangre en la cabeza, pero aquella mujer estaba fría como una lápida. En la escalera del comedor encontramos a don Benito que paseaba a Fernanda todavía.

—¿Qué tal, hijita mía –le dijo Fernanda pasándole la mano por la cara–, te diviertes?

—¡Ah!, mucho, mucho, mamá –replicóle Blanca–. ¿Y usted, señor don Benito?... ¿Sabe que tengo que darle las gracias por el compañero? Es un maestro; baila el vals admirablemente...

—¿Nada más que el vals? –preguntó con sorna don Benito.

—¡Oh, nada más! Ninguna mujer *chic* baila otra cosa... ¿No es verdad, mamá?

—¿Por qué no?... Las cuadrillas son de regla en un baile.

—¡Para nosotros no! Nosotros hemos pasado las últimas en el balcón.

—¿Qué dices, Blanca? –preguntó Fernanda con un acento de sorpresa.

—¡Sí, mamá, en el balcón!

Don Benito me miraba con una sonrisa llena de picardía, y yo hacía un esfuerzo supremo para contener mi emoción. Pero Blanca, con una resolución repentina, me arrastró fuertemente del brazo que me tenía asido y me sacó del descanso de la escalera en que nos habíamos detenido.

—Vaya, ¿qué tiene de particular? –preguntó Blanca retirándose y mirando a la madre–. ¿Tiene algo de malo lo que hemos hecho? –y encogiéndose de hombros con un movimiento brusco, agregó con una carcajada:

—¡Vamos a cenar!

Entramos en el comedor que todos conocemos: un gran salón al cual le falta mucho para estar bien puesto. Aquella noche, Canale, como de costumbre, había formado la gran mesa en herradura con mesas centrales, y sobre ella, había levantado los mismos catafalcos [201] de cartón y pastas de azúcar de todos los años. Se cena execrablemente [202] en el Club del Progreso, y el adorno de la mesa tiene mucho de los adornos de iglesia: los jamones en estantes de jalea, los pavos y las galantinas cubiertas por todas las banderas del mundo. En fin, allí se sienta uno con la indiferencia con que Raúl y Nevers se sientan en el banquete de papel pintado del primer acto de los *Hugonotes* [203].

El mozo se nos acercó y nos dio la *carta*. Blanca pidió *bisque* [204] y nos hizo servir champagne. Era hija del padre; las delicadezas de le mesa la seducían más que otras cosas. Devoró el primer plato y agotó la copa con ansia. Nos habíamos sentado en un extremo de la mesa; las flores y los adornos centrales nos cubrían de los vecinos del frente. Yo me había aproximado a Blanca lo suficiente para atenderla, pero ella, no sé si con intención o sin ella, cerró la distancia aproximando lo más posible su asiento al mío.

—Usted no bebe nada –me dijo–; ¿tiene miedo de perder la cabeza?

201  *Catafalco*: base elevada usada con frecuencia en los actos fúnebres
202  *Execrablemente*: detestablemente
203  *Hugonotes*: ópera de Giacomo Meyerbeer (1791-1864)
204  *Bisque*: sopa generalmente en base a langosta y tomates.

—No... si usted la perdiera, me gustaría perderla con usted –le repuse.

—¡Yo!... sería inútil; tengo la cabeza muy fuerte para el champagne... Bebamos otra vez... ¡bebamos por nuestra amistad!

Yo levanté la copa junto con ella, y juntos apuramos su contenido.

—Usted es una mujer de hielo –le dije.

—¿Yo? ¡qué disparate!, usted no me conoce; yo lo que soy es una mujer caprichosa... ¿Cree usted que con una mujer de hielo habría usted hecho lo que ha hecho esta noche? No... el día que yo llegue a amar, amaré como ninguna.

—¿A mí?

—No lo sé, a cualquiera; a usted, si es capaz de hacerme feliz, a otro, si usted no lo es...

En aquel momento comenzaba a amanecer; el primer albor del día dibujábase tras de las torres de San Francisco y el horizonte empezaba a teñirse débilmente de tintas rojas. Nos levantamos de la mesa y nos acercamos a los cristales a admirar aquel cuadro sublime ante el cual empalidecían las luces del baile. Blanca estaba apoyada en mi brazo y dejaba caer su cuerpo débilmente sobre el mío.

—Es linda la madrugada –le dije, oprimiéndola con pasión...

—¡No! –me repuso–, la noche me gusta más... Vámonos, tiemblo de que el sol me sorprenda en la calle –y arrastrándome con fuerza, bajamos la escalera y me obligó a conducirla al *toilette*.

—Adiós... –le dije estrechándole la mano.

—Adiós –me replicó apretándome la mía en que quedaron impresos sus dedos finos y nerviosos.

Al dar vuelta, me encontré con don Benito que acababa de abandonar a su compañera.

—Y... ¿qué tal Blanca?

—Fría como un mármol –le dije.

—¡Ah, hijo mío! –me contestó–, la hija es como la madre, una estatua que uno puede estrechar, besar y robar; pero una estatua, no se mueve nunca sin música...

—¿Qué música? –le pregunté.

—¡Inocente! la libra esterlina[205]; una partitura que no admite rivalidades de escuela –y poniéndome el sobretodo en el brazo, y armando el claque, sacóme fuera y metióme en el cupé que comenzó a rodar apenas sonó el golpe de la portezuela.

La fatiga me rindió aquella noche, pero no pude descansar. La imagen de Blanca me atraía involuntariamente: veíala andar y detenerse burlonamente en mi camino como dándome tiempo para alcanzarla y cuando creía tenerla cerca, la visión desaparecía dejando en mi sueño el surco luminoso de su vestido rojo que parecía disolverse en el aire en deslumbrantes e impalpables copos de fuego.

205 *Libra esterlina*: la moneda británica era la norma monetaria internacional en la época

# XII

Al día siguiente comía en casa de mi tía Medea con don Benito y mi tío Ramón. Hacíamos la crónica del baile antes de sentarnos a comer, pero, al ocupar nuestros asientos, la conversación varió de tema. Mi tía había tenido aquel día una furibunda reyerta [206] en su Sociedad Filantrópica a propósito de no sé qué bazar en que sus colegas se habían permitido prescindir absolutamente de ella. Al oírnos hablar del baile, nos obligó a callar; dirigió dos o tres frases hirientes a mi tío, por haberse permitido asistir al club y comenzó a contarnos su jornada. Parece que aquello había sido un campo de Agramante [207]: que la moción de mi tía había sido puesta tres veces a votación y que tres veces había sido rechazada. Furiosa, como ella sólo sabía ponerse cuando le picaba la rabia, había salido de la Sociedad con la gorra toda torcida, bramando como una leona, con la pollera [208] arremangada, y a pie, con paso corto y rápido, había llegado a su casa sin interrumpir la serie de colosales blasfemias con que se había despedido de sus odiadas compañeras.

Mi tía se había sentado a la mesa sin apetito, excitada como nunca por el fuerte altercado que acabo de narrar sin detalles.

Sus ojos, más congestionados que de costumbre, brillaban de una manera siniestra. Mi tío Ramón había pasado de un buen humor apacible a un anonadamiento completo, fulminado bajo el fuego de aquellas pupilas felinas.

La ancha cara de mi tía revelaba la reflexión alarmante de sus venas ahogadas por las ondas perezosas de una sangre espesa e inmóvil. Al sentarse a la mesa, le habían asaltado mil incomodidades desconocidas para ella: acaloramientos súbitos que le enrojecían momentáneamente sus carrillos laxos, golpes de fuego a la vista, dolores punzantes a la nuca, relampagueos, obscurecimientos, latidos, y qué sé yo qué vagos presentimientos de un ataque re-

---

206 *Reyerta*: pelea
207 *Campo de Agramante*: Lugar en el que hay mucha confusión y en el que nadie se entiende. La expresión surge de un episodio que sirve como base al poema "Orlando furioso", de Ludovico Ariosto (1474-1533), y se refiere al sitio de París por los sarracenos, en que figuran como jefes Agramante, Sacripante, Rodemonte, el rey Sobrino y otros. Cuando éstos están cerca de apoderarse de la ciudad defendida por Carlomagno, el arcángel San Miguel recibe orden de ir a buscar el Silencio y la Discordia e introducirlos en el Campo de Agramante. El Arcángel encuentra la Discordia en un convento de frailes, donde se hacía la elección del Abad, con cuyo motivo los frailes se estaban arrojando los breviarios a la cabeza; la toma por los cabellos y la lleva al campo de Agramante, se empiezan a pelear los jefes sarracenos unos con otros por lo cual Carlomagno y la ciudad se salvan.
208 *Pollera*: falda

pentino cruzaban pinchándole su imaginación y haciéndole exclamar de cuando en cuando con cierta desesperante agitación:

—¡Jesús, por Dios! ¿qué tengo yo?

Don Benito trataba de tranquilizarla; mi tío Ramón, sumiso siempre, la miraba guardando un respetuoso silencio; la idea de una apoplejía[209] le había cruzado la mente; pero, ya fuera por temor, ya por moderación, se guardaba bien de aconsejar a su mujer la moderación, el reposo y sobre todo, los purgantes que el conocido doctor Brown le había instituido como tratamiento hacía ya muchos años. Para él, la moderación del carácter feroz de su consorte era cuestión de algunas libras de sal de Inglaterra[210], medicamento que, dada la fe que tenía en sus efectos, le hubiera evitado mil disgustos, restableciendo por un instante la tranquilidad del hogar.

Momentos después del altercado, mi tía Medea se había visto atacada súbitamente de una abundante evacuación de sangre por las narices; pero en el paroxismo[211] de su cólera, temblando nerviosamente de ira, se había contentado con sorber en abundancia y ruidosamente grandes cantidades de agua salada, atarse fuertemente el brazo derecho o ponerse en los lujuriosos rodetes de su nuca adiposa la llave consabida que aconseja la terapéutica popular.

De cuando en cuando se pasaba las manos por los ojos, en los cuales decía sentir un peso enorme; se comprimía las sienes, donde latían con fuerza sus arterias, o se mojaba con el agua del vaso aquella frente pecosa y chata, bajo la cual ardía un volcán de odios y de futuros proyectos de venganzas. Estaba irascible, irritable, convulsa como una fiera herida; la silla tiritaba bajo el peso de sus muslos pletóricos y su marido volvía a agitarse acariciando tímidamente el recuerdo favorito del tratamiento del doctor Brown.

—No valen todas ellas el disgusto que me han dado, ¡perras viejas *caches*![212] – exclamaba con una voz tosida y un poco gangosa.

Mi tío, don Benito y yo continuábamos inmutables nuestro programa de abstención activa, callados y reverentes, comiendo con esa moderación respetuosa que se confunde con el hambre modestamente disfrazada de un apetito discreto. No se oía sino el rabioso crujir de las mandíbulas tiburonianas de mi tía Medea, que con cierta complacencia maléfica, aunque llena de voluptuosidad, imaginaba aplastar el cráneo de alguna de sus rivales en el inocente coscorrón de pan que roían sus molares y el tímido y casi silencioso masticar de los que temíamos herir los oídos susceptibles de la señora.

Don Benito procuraba, sin embargo, inútilmente, abrir temas de conversación, pero todo era en vano, la tentativa no prendía. Mi tía Medea volvía a sus imprecaciones, lanzaba un reto furibundo a sus rivales, las apostrofaba en mil formas y levantando el puño cerrado, les juraba venganza como una pitonisa poseída por la cólera divina.

209  *Apoplejía*: suspensión parcial o completa, y por lo general súbita, de algunas funciones cerebrales, debida a hemorragia, obstrucción o compresión de una arteria del cerebro.
210  *Sal de Inglaterra*: Sulfato de magnesio
211  *Paroxismo*: exacerbación o acceso violento de un mal
212  *Cache*: (arg.) de mal gusto

Terminábamos la comida e iban a servir el café. Mi tía tomó posiciones para levantarse; pero al ponerse de pie, sintió algo extraño, algo terrible pasar por su cabeza; quiso dar un paso y cayó desplomada sobre el pavimento.

—¡Jesús te ampare! —exclamó mi tío Ramón, abriendo tamaños ojos al verla caer—; ya tenemos encima la terrible *perlesía* [213] — y corrió a socorrer a su consorte que había caído sin sentido a los pies de la mesa, haciendo un ruido extraño con la boca llena de espuma.

Don Benito y yo habíamos corrido al mismo tiempo a socorrer a mi tía.

Su aspecto era verdaderamente aterrador; había caído fulminada por un violento golpe de sangre; estaba sin conocimiento, insensible, relajada y en una inmovilidad absoluta.

Era una masa inerte, en la cual sólo la persistencia de la respiración y los latidos del corazón que llegamos a percibir, atestiguaban que la vida aún no se había extinguido.

Mi tío pedía a gritos un médico, el vinagre y los sinapismos [214]; y mientras éstos se aplicaban abundantemente en las piernas ciclópeas de la señora, don Benito y yo corríamos en busca de todos los médicos del barrio. Las señoras de la vecindad, algunas de las cuales eran de la relación de la familia, concurrieron inmediatamente al conocer la desesperación de mi tío.

Todas ellas continuaron las aplicaciones de sinapismos en las pantorrillas, en la nuca, en la planta de los pies, en los muslos y en los brazos; le desprendieron la ropa y la colocaron en su cama.

Al bajar con don Benito la escalera para ir a buscar médico, nos chocamos con el pardo Alejandro en la misma puerta de la calle.

—¿Qué hay, niño; qué sucede? toda la vecindad está alborotada... ¿Se prende fuego la casa?... —nos preguntó.

—Al contrario, creo que se apaga el fuego... Tu patrona parece que acaba de reventar —contestó don Benito con la más perfecta calma.

—¿Quién? ¿la tigra?... ¡al fin!... —replicó el pardo con el acento de un hombre que se desahoga.

Volvimos en seguida; habíamos recorrido dos o tres cuadras y sólo habíamos encontrado cinco médicos que se prestaron con suma complacencia a nuestro llamamiento.

Mi tía seguía agravándose por momentos. Su respiración era estertorosa y penosísima; a cada respiración, los carrillos, privados de resistencia, se dejaban distender pasivamente, después volvían a quedar laxos y flojos.

— *Fuma la pipa* —dijo uno de los médicos en voz baja—; esto es muy característico.

Mi tío oyó la observación y creyó, sin duda, que el facultativo preguntaba si la señora tenía la costumbre de fumar, pues respondió con gran asombro al ver el atrevimiento de aquel hombre:

—No, señor, no, ¿cómo se imagina usted que una señora de esta clase?...

213  *Perlesía*: parálisis
214  *Sinapismo*: cataplasma, de *sinapis*, mostaza, ya que originalmente eran de polvo de semillas de esa planta.

ni en pipa ni en nada –agregó, permitiéndose ciertos movimientos de una ino-
pinada energía.

Los médicos sonrieron ligeramente y continuaron examinando a la enferma. Uno de ellos le introdujo una pluma en la garganta. Mi tía, insensible, no dio señales de sentirla. El médico hizo un gesto de desagrado.

—Es preciso mudarle la cama –agregó.

—¡Ah! sí –replicó mi tío haciendo una mueca forzada para disimular
un profundo pesar–; ¡pobrecita!, ¡se conoce lo grave que está!

Otro de los médicos se acercó al oído de mi tío y le hizo una pregunta.

—¡Pfs!... hace muchos años, señor, desde soltero –dijo éste dejando errar
por sus labios una melancólica sonrisa–; si nunca hemos tenido hijos, y usted
sabe que... El doctor Brown me decía que sin embargo era posible y que...

—¡Ah, sí! –concluyó el médico que sin duda se vio amagado por una historia patológica de la familia de mi tío–; sí, el doctor Brown era un gran práctico.

En este momento se acercaban los otros colegas. Habían terminado su
examen e iban a celebrar consulta. Poco tendrían que decir de la enferma; tal
era su estado de gravedad. Según opinión unánime, era una *hemorragia cerebral* en su más terrible forma. La respiración continuaba siempre laboriosa,
las pupilas dilatadísimas e insensibles a la acción de la luz, y los líquidos que
apenas tomaba, se quedaban en la garganta produciendo esos estertores pe-
nosos que impresionan tanto. Este último síntoma era de augurio fatal. Mi tío
estaba consternado: su mujer iba desapareciendo lentamente sin hacer men-
ción de reconocerlo cuando se acercaba a su lecho.

—¿Tiene mucha fiebre? –se atrevió a preguntar a uno de los médicos que
salió el primero de la consulta.

—No, señor, no, al contrario, su temperatura es más bien muy baja. Sin
embargo, es probable que ahora comience a subir mucho, si, como desgra-
ciadamente lo tememos, esto termina mal. Está en un *coma* profundo –agregó, queriendo confundir a mi tío con un tecnicismo confuso–; es una hemorragia cerebral de forma apoplética paralítica.

—¡Jesús me ampare y me favorezca! ¡Cuatro enfermedades a la vez!
¡Quién resiste a tanto!

Y el pobre hombre, haciendo un esfuerzo supremo para manifestar la más
suprema emoción, se llevaba la mano a los ojos y se tiraba nerviosamente del
pelo.

Don Benito, que estaba al lado del lecho, miraba extinguirse aquel coloso con una frialdad perfecta.

Mi tío no se atrevía a acercarse al borde de la cama: los médicos se habían
separado, seguros ya del desenlace.

—Acérquese, señor –dijo a mi tío uno de ellos.

Mi tío se acercó temblando, remiso y casi arrastrado por el deber... al apro-

ximarse retrocedió: la moribunda presentaba un aspecto terrible: la fisonomía estaba amoratada; la respiración era difícil y cavernosa.

—¡El sacerdote! —exclamaron algunos de los circunstantes mientras los
médicos abandonaban la habitación.

Se acercó al lecho un fraile obeso, vestido de colores llamativos, impasible como una foca, gordo como un cerdo: el rostro achatado por el estigma
de la gula y de los apetitos carnales, la boca gruesa como la de un sátiro, el
ojo estúpido, la oreja de murciélago, los pómulos colorados como los de un
*clown*. Abrió entre sus manos grasas y carnudas un libro cuyas páginas alumbraba un monigote con un cirio, y eructó sobre el cadáver en latín bárbaro y
gangoso algunos rezos con la pasmosa inconsciencia de un loro.

Al terminar, se retiró algunos pasos del lecho; hizo un ademán a mi tío
para que se acercara; y en aquel momento mismo, mi tía Medea clavó sus ojos
inmóviles en su marido, abrió la boca, esputó[215] un cuajarón de sangre y acabó...

Mientras comenzaban las mujeres a hacer los preparativos para vestirla,
don Benito y yo sacamos a mi tío de la habitación. Era de observarse en aquel
momento la cara de mi viejo camarada; la cómica solemnidad que se esforzaba por mantener le daba un aire mefistofélico.

Mi tío lo miraba sin comprenderlo, pero era bastante suspicaz para explicarse que don Benito no estaba tan desolado como lo exigían las circunstancias.

Yo estaba esperando la palabra burlona del viejo solterón y no se hizo esperar. Nos encerramos en el cuarto de mi tío, aseguramos las puertas y don
Benito, con una cara de pascuas, abriendo los brazos exclamó:

—Don Ramón...¡apriete amigo! —y buscó a mi tío para abrazarlo.

—¡Oh! don Benito...¡qué desgracia!

—¿Desgracia? ¿Me representa usted el hipócrita? Celebre usted, amigo,
el más grande de los aniversarios de su vida...

Y mi tío no pudo contenerse; se deshizo de don Benito y corriendo a la
cama se echó en ella, y depositó sobre la blanda almohada de plumas en que
hundió su rostro, una sonrisa de íntima, de voluptuosa alegría, que ya no podía contener dentro de sí mismo.

En ese instante golpearon la puerta; la abrí; el perfil risueño de Alejandro
asomaba por la rendija.

—¿Qué quieres? —le dije en voz baja y con el tono más serio del mundo.

—¡Oh! —me contestó muy despacio...—; ¿usted es de los tristes también?
—y aquel negro ponía una cara satánica cuando me decía esas palabras.

—Vete —le dije...— vete.

—Sí, me voy...¡a buscar el cajón!

A las doce de la noche, mi tía estaba depositada en el ataúd de jacarandá
que Alejandro había traído. Le habían cerrado los ojos y la boca, pero su ros-

215 *Esputó*: escupió

tro conservaba siempre el gesto de amenaza que le era característico, y con el Santo Cristo, que oprimía maquinalmente entre las manos lívidas y como enceradas parecía en la actitud de un centinela que dormita armado para el caso de una sorpresa. El *mulaterío* femenino de la casa y de la vecindad había invadido la sala: no faltaban alrededor del féretro dos o tres mulatillas arrodilladas, que se turnaban sucesivamente. Claro es que la sala había sido cubierta en un instante de crespón[216] y de merino[217] negros en homenaje a su ilustre dueña.

La noticia de su muerte había cundido por la ciudad, y como su influjo en los grandes centros sociales, a pesar de los desastres políticos del partido de la finada, era de vieja data, la casa se vio llena toda la noche de las eminencias del pasado, destronadas por el presente.

El primero con quien me encontré en la sala, fue con el doctor Trevexo. ¡Cómo había envejecido y enflaquecido! Sus piernas y sus brazos desgonzados [218], no se palpaban al través de la ropa, pero siempre era el mismo; el gran charlador, difuso y narrador de insulseces; gran expositor de lugares comunes, de doctrinas tomadas al instinto, de principios incompletos; siempre enemigo de los libros; desolado por el prodigioso aumento de las librerías y de las ediciones: furioso contra la exagerada difusión de las obras científicas; partidario constante, invariable, inconmovible del periodismo: siempre citando su colección del *Gorro de la Libertad* y de *La Espada de Damocles,* los diarios que había escrito después de la caída de Rosas.

¡Pobre doctor Trevexo! ¡Cómo aquel hombre que había sido el primero veinte años antes, era hoy el último! ¡Cómo se había detenido en su apogeo sin marchar! Me hacía el efecto de una de esas fotografías antiguas de un álbum de familia, ante las que uno tiene que reír involuntariamente. Mientras que el mundo político había progresado entre nosotros, con lecturas serias y sazonadas: en el siglo de Disraeli y de Gladstone, de Bismarck y Gambetta, en el siglo de Taine y de Lanfrey, el doctor Trevexo vivía con sus recortes de diarios criollos, con toda su fama del pasado por capital y toda su estéril informalidad por presente y porvenir. Sin embargo, ¡lo que es la virtud y la consecuencia de los partidarios! Su partido creía en él todavía: era siempre el gran orador, el gran diplomático, el gran periodista, el gran abogado del más grande de los partidos argentinos.

La muerte de mi tía Medea lo había consternado. Su grande amiga, la mujer resuelta de todas las épocas; vencida en dos revoluciones, pronta a hacer una nueva a una sola indicación suya, había muerto; el partido entero la lloraba, era una pérdida irreparable, tan irreparable, que el más grande de los diarios de la América del Sur, le dedicó un sentido artículo necrológico, largo como un sermón de agonía, con muchas frases escogidas que comenzaba recordando con mucho detalle a las antiguas madres griegas y romanas, las

---

216 *Crespón*: tela parecida a la gasa, en bandas de color negro se usa como señal de luto
217 *Merino*: tejido de cordoncillo fino, en que la trama y urdimbre son de lana peinada
218 *Desgonzado*: o *desgoznado*, desencajado, desquiciado

hacía atravesar la trayectoria de la historia en las múltiples combinaciones de los pueblos, y terminaba con un elogio de las virtudes de la difunta y una laudatoria especial a la mansedumbre de su carácter.

A este llamamiento, todo el *faubourg Saint Germain* de Buenos Aires, se presentó al día siguiente. ¡Cómo se elogiaban los méritos de la señora doña Medea Berrotarán! ¡Cómo se condolían de la triste situación de mi tío! ¡Qué dolorosa pérdida había experimentado! ¡Hasta don Buenaventura había dejado sus múltiples ocupaciones literarias para asistir al entierro! ¡Cómo no premiar treinta años de vasallaje, mudo, entusiasta, admirador de todas sus hazañas y desgracias!

Un entierro de fuste en Buenos Aires no necesita describirse: el empresario fúnebre conoce los gustos de la gran capital, en los que prepondera la gran aldea: el convoy tiene que hacer corso en la calle de la Florida: no hay otra calle para ir a la Recoleta, y si a alguien se le ocurriera la idea de cambiar el itinerario, no sería difícil que el muerto o la muerta, siendo de la aristocracia, o sobre todo de la gran política, resucitara protestando contra la variación de la ruta.

Mi tía había sido muy religiosa; aunque víctima en los últimos tiempos de un padre escolapio [219], que le había eliminado graciosamente algunos miles de pesos, su fervor por los frailes y monigotes [220] corría parejo con sus entusiasmos políticos: de modo que a su entierro asistían todos los clérigos de las parroquias principales, correctos la mayor parte, y una delegación de cada cofradía: franciscanos, dominicos, etc., incorrectos bajo el punto de vista de la higiene personal. Entre esta turba de cuervos negros y pardos, no faltaba algún tribuno ultramontano, pedante atorado de suficiencia, orador sibilino y hueco, gran momia literaria, rellena de Blair y Hermosilla, *specimen* del gongorismo español, que, sentado en el carruaje de duelo, como si lo hubiesen clavado en una estaca, mantenía su gravedad solemne como para aparentar la profunda desolación que le causaba la muerte de aquella vieja cuyas virtudes corrían al fin parejas con la sinceridad de sus convicciones religiosas. Encabezando el grupo, iba la misma dignidad que ya hemos visto al lado del lecho mortuorio, con su uniforme carnavalesco de colorinches y su impasible cara de foca.

Mientras depositaban el cajón en la bóveda de la familia, yo me perdí en las calles del cementerio.

¡Cuánta vana pompa!

¡Cómo podía medirse allí, junto con los mamarrachos de la marmolería criolla, la imbecilidad y la soberbia humanas! Allí la tumba pomposa de un estanciero... muchas leguas de campo, muchas vacas; los cueros y las lanas han levantado ese mausoleo que no es ni el de Moreno, ni el de García, ni el de los guerreros, ni el de los grandes hombres de letras.

Allí la regia sepultura de un avaro, más allá la de un imbécil... la pompa

---

219 *Escolapio*: clérigo regular del orden de las Escuelas Pías, destinado a la enseñanza de la juventud

220 *Monigote*: despectivo de *monachus*, monje, designa a quienes viven en un convento sin estar ordenados

siguiéndolos en la muerte. Entre una encrucijada de nichos y sepulcros, me topé de manos a boca con mi ex patrón, don Eleazar de la Cueva, que también había ido al entierro de mi tía.

—¡Señor don Eleazar! ¿Usted por aquí?

—¡Ah, señor!, esperando mi hora, como todos –contestó–; hoy le ha tocado el lote a mi señora doña Medea... ¡Ah!, ella es la feliz –agregó levantando las manos al cielo–. En este mundo no hacemos sino sufrir desengaños, joven... Vea usted, yo por ejemplo, que he hecho tantos servicios y tantos sacrificios por la humanidad, aquí me tiene usted a mí... ¿De qué valgo, señor?

—Pero, señor, su posición, su fortuna...

—Señor, yo estoy en la calle, en la última miseria; me han arruinado, señor, usted lo sabe bien –y al decirme esto, el rostro de don Eleazar se descomponía de tal manera que infundía la más profunda lástima.

Alineado a la salida de la Recoleta, soporté con todos los parientes de la muerta, los apretones de los concurrentes, que le dan la mano a uno como diciéndole: "¡Eh!, míreme usted, he asistido, no lo olvide", y cuando terminó esta dura prueba de resistencia, di vuelta y vi a don Benito que me esperaba.

—¿Piensas ir con la parentela? –me dijo.

—¿Qué hacer?

—Ya todo ha concluido, ahora te vienes conmigo y mañana fuera el luto.

Y subimos al cupé, que rompió la marcha por entre los numerosos carruajes apostados en las extensas avenidas del cementerio. Eran las cuatro de la tarde; el tiempo era espléndido; el cielo, azul y sin nubes, se reflejaba en el pedazo de río que se alcanzaba a ver desde la barranca de la Recoleta.

Las caras de los que volvían del entierro, demostraban bien claramente que no se habían conmovido mucho con la ceremonia.

Don Benito me propuso ir a comer al café de París, después de mudarnos el traje negro, y yo acepté. Salíamos de la plaza de la Recoleta para entrar en la calle larga, cuando nuestro carruaje se cruzó con una victoria elegantísima, tirada por una fogosa pareja de alazanes y dirigida por un cochero de una corrección irreprochable. Repantigadas[221] cómodamente en el amplio asiento, iban dos mujeres distinguidísimas, cuyo saludo apenas tuvimos tiempo de contestar.

Eran Fernanda y su hija: al verlas, ambos sacamos la cabeza por las portezuelas del cupé, en el momento en que ellas también daban vuelta.

—¡Van espléndidas!–me dijo don Benito–, Diablo de vieja tu tía, hasta muerta nos persigue; si no hubiera sido por el tal entierro, ¡qué golpe habríamos dado yendo a Palermo![222]...

221  *Repantigadas*: sentadas de forma extendida y cómoda
222  *Palermo*: nombre de una zona de parques, donde antiguamente existía una estancia de Juan Manuel de Rosas llamada San Benito de Palermo. Expropiado luego de Caseros, Domingo F. Sarmiento propulsó su transformación en parque público. Entre 1892 y 1913 el arquitecto Carlos Thays, Director de Parques y Paseos de la Ciudad de Bs. As., forestó calles, amplió y remodeló el Parque. El proyecto incluyó: la quinta Normal; el parque Zoológico, el botánico, un tambo, bibliotecas populares, etc.

—Pero todavía hay tiempo –le repliqué, retrocedamos.

—¿Te atreves?...

—Y qué...

—Alejandro –gritó don Benito al cochero– a Palermo por el Bajo...

El carruaje dio vuelta, los caballos tomaron el trote largo a un simple chasquido del látigo de Alejandro. En diez minutos llegamos a la verja de hierro que da entrada al parque; doblamos sobre la calle de palmas que estaba solitaria: sólo en el fondo del lado del bosque, se veía un punto negro: era la victoria de Fernanda: nuestro cupé se deslizó por el pedregullo de la avenida, salvó la vía del tren del norte, y vino a detenerse al mismo lado de la victoria. El carruaje estaba vacío: preguntamos al cochero dónde estaban las señoras, y nos contestó con una seña, indicando el fondo de la calle. Nos bajamos y caminamos en esa dirección. Al fin de la calle, en un rincón del camino, las encontramos. Al vernos, se sorprendieron.

—¿Ustedes por aquí? –nos dijo Fernanda– ¡Vaya una manera de hacer el duelo!

—Señora –contestó don Benito–, el duelo ha concluido y la vida comienza de nuevo.

—Pero usted –dijo Blanca con ironía–, sobrino carnal, y en Palermo el mismo día del entierro ¡qué escándalo!

—Sobrino carnal, no; político, sí... no hay inconveniente.

—Y ese pobre tío, ese señor don Ramón, ¡cómo estará de triste y desolado! –inquirió Fernanda.

—¡Oh!, aplastado; ¡figúreselo usted libre de un monstruo y con setenta millones de pesos!

—¡Setenta millones! –exclamó Blanca– bonita dote, mamá ¿eh?

Fernanda hizo un signo de aprobación y su fisonomía se alumbró como si concibiese una vaga esperanza.

—Pero don Ramón ha sido feliz con su tía... un viejo pisaverde [223], alegre, muy *sirvientero* [224]... ¿no es verdad? preguntó riendo.

—Tal cual; pero víctima de su mujer; figúrense ustedes, que el día domingo, doña Medea metía en la cama a su marido para que no saliera a la calle.

—¿De veras?

—Garanto –y don Benito reía a carcajadas.

Yo me había acercado a Blanca y le había dado el brazo. Don Benito se había quedado con Fernanda en el mismo sitio en que las habíamos encontrado. Caminábamos con Blanca en dirección a los árboles: estaba pálida como de costumbre, vestida con un traje de pana color bronce, sumamente ceñido al cuerpo; su talle se dibujaba admirablemente. Guardábamos silencio y ni ella ni yo parecíamos resueltos a romperlo. De pronto se detuvo suspirando, y como saliendo de una profunda cavilación, exclamó abstraída:

—¡Setenta millones!

---

223 *Pisaverde*: persona presumida y afeminada que no conoce más ocupación que la de acicalarse y andar vagando en busca de galanteos.

224 *Sirvientero*: quien persigue sirvientas con fines galantes

—¿Le parece mucho? –le pregunté.

—¡Ah! –me contestó, como despertando– pensaba que ese tío es un horizonte: ¿es muy viejo?

—Setenta y cuatro años, no es mucho; más joven que su fortuna, sería mejor menos millones que años... ¿no?

—¡Oh! no, de ninguna manera; diez años más o menos no es nada para un hombre, diez millones de menos es mucho....

La tomé fuertemente del brazo con un movimiento de cólera y de impaciencia; la sombra del bosque nos protegía: le estreché las manos, la besé en el rostro, en los ojos, en la boca, entre los labios entreabiertos.

—Blanca –le dije– ¡yo... no puedo resistir!...

—Hay tiempo –me replicó–, ¡más tarde!

Y aquella mujer parecía una estatua de hielo, en medio de la involuntaria voluptuosidad que emanaba de todo su conjunto.

Volvimos a tomar la gran avenida. Fernanda y don Benito habían desaparecido. Alejandro, desde el pescante de nuestro coche, me hizo una seña que significaba que la pareja estaba allí.

Y en efecto, nos acercamos y Fernanda y don Benito estaban en el cupé.

El viejo camarada había perdido la corrección habitual de sus cuellos y de su corbata; dos chapas rojas alegraban su semblante. Fernanda se hallaba perezosamente reclinada en el muelle respaldo de raso del cupé; a pesar de sus 38 a 40 años estaba bellísima. Al vernos se incorporó, consultó la hora y bajó ágilmente del carruaje, subiendo a su victoria [225] de un salto. A su lado se sentó Blanca; yo le eché la cariñosa manta de nutria sobre los pies y a un signo del cochero, las dos yeguas del tronco partieron a escape.

Trepamos a nuestro cupé. Don Benito estaba radiante de alegría, pero se esforzaba por aparentar una profunda severidad.

—¿Y qué tal? –le dije con sorna.

—¡Pscht, mucho calor!

Era en julio y hacía un frío de todos los diablos.

---

225   *Victoria*: carruaje de cuatro ruedas, media capota plegable y caja poco profunda pero amplia. El pescante va muy alto en la parte delantera.

# XIII

El doctor Montifiori era un católico recomendable, desde todos puntos de vista; miembro de dos o tres hermandades religiosas, él sabía conciliar, como nadie, la misa de la una del día con la cena alegre de la una de la noche, la hostia sacrosanta del altar con los mariscos perfumados del Café de París.

En su casa se sabía dar el aristocrático barniz clerical de alto tono del siglo XVIII. Bastaba echar una rápida mirada sobre su pequeña librería de *amateur,* para conocer los finos gustos del hombre. Entre las trufas literarias de Brantôme [226], de Casanova[227] y de otros del género, Bossuet[228] y Massillon[229], conservaban la gravedad de las hileras: en las letras, De Laharpe [230], M. de Bonald [231], Fontanes [232] y Chateaubriand [233], daban la nota grave del imperio, mientras que al lado, en ediciones monísimas, brillaban todas las perfumadas indecencias pornográficas del día.

La muerte de mi inolvidable tía doña Medea había lanzado al mundo un viudo conservado, rico y con grandes cualidades exteriores: mi tío. Dos meses después de su viudez, vivíamos juntos: yo había abandonado a mi viejo

---

226  *Brantôme*: Pierre de Bourdeilles, abbé de Brantôme (1540-1614) autor renacentista francés del libro Les Vies des Dames Galantes donde se trata el tema del cinturón de castidad y la sexualidad femenina.

227  *Casanova*: Giacomo (1725-1798) autor, espía y aventurero veneciano conocido por sus conquistas sexuales y por sus narraciones de las mismas en su Histoire de ma vie, obra póstuma

228  *Bossuet*: Jacques Benigne (1627-1704) teólogo e historiador francés, autor del Discurso sobre la historia universal  (1681), y gran luchador contra las fuerzas del protestantismo

229  *Massillon*: Jean Baptiste (1663-1742)  obispo francés conocido por sus sermones

230  *De Laharpe*: Jean François de la Harpe (1739 - 1803) autor y crítico social francés y autor del Cours de littérature ancienne et moderne, basado en el curso que dictó en el Lycée de Paris a partir de 1786

231  *M. de Bonald*: Louis-Gabriel-Ambroise, vicomte de Bonald (1754-1840):escritor político y filósofo francés, conocido por sus obras principales, Theorie du pouvoir politique et religieux (1796), La Legislation primitive (1802) y Recherches philosophiques sur les premiers objets des connaissances morales (1818)

232  *Fontanes*: Theodor (1819-1898)  autor alemán conocido por sus escritos de viaje y baladas y, más adelante, por sus novelas realistas que trataban las costumbres prusianas

233  *Chateaubriand* (Francois-Rene de (1768-1848) uno de los mayores exponentes del romanticismo francés y autor de las novelas Atala (1801) y René (1802), y de apologías del catolicismo, Le Genie du christianisme (1802) y Les Martyrs (1809)

camarada, don Benito. Muy pronto la casa de mi tío Ramón se transformó en una habitación completamente diferente de lo que había sido. Se hizo allí una reunión de solteros alegres y de casados emancipados de todas edades; había dinero de sobra, y por consiguiente abundaban las comidas joviales, los vinos, las diversiones de todo género y el elemento amable: las mujeres.

En un día, don Benito, el *lanzador* de mi tío, le hizo despedir o colocar caritativamente por ahí a todo el mulaterío antiguo de la finada. Sólo Alejandro fue tolerado, cedido por don Benito, a cuyo servicio estaba desde su célebre colisión con mi tía. La casa fue transformada: todo el menaje[234] de los tiempos prehistóricos de Pavón fue modificado por un mobiliario moderno del más correcto gusto contemporáneo. Los viejos retratos de la familia fueron a cubrir las paredes de los últimos cuartos, incluso el de mi tía, que había reinado veinte años en la pared principal del salón.

Mi tío Ramón echó muy luego el luto y se dio al mundo, enteramente al mundo; pero siempre débil a las tentaciones de la carne, sus setenta millones de pesos vinieron a quedar muy luego en las condiciones de un real en la puerta de una escuela. El doctor Montifiori fue el primero en advertir que mi tío era un partido; pero ¿cómo, por qué medio iniciar la campaña diplomática para conseguir sus fines?

El insigne gomoso pensó, caviló mucho, hasta que un día se dio un golpe en la frente con la mano, como el hombre que ha encontrado la solución de un problema. Montifiori había pensado en que él no podía ser católico al cohete, sin servirse de sus creencias religiosas.

El hombre de más influencia en la alta sociedad bonaerense era el señor Penseroso: un abate[235] griego, de Atenas, un hombre distinguidísimo, suave como una alondra, agudo y penetrante como una aguja: con su rostro de mártir, y un ojo apagado que no revelaba por cierto toda la agilidad y la hondura de que aquel sacerdote estaba dotado. Dignísimo en su trato, su influencia se sentía en los salones, pero era la influencia de una sombra; jamás se impuso por presión o actos públicos; su pasaje era como subterráneo, latente, pero eficacísimo.

Lanzado mi tío, después de la muerte de su mujer, en una vida de desorden para sus años y para su seriedad, recogiéndose tarde, picado por la tarántula de las artistas de teatro y de las bailarinas de Colón[236], el buen viejo le había echado *la capa al toro,* como vulgarmente se dice. Montifiori comprendió desde el primer momento que mi tío tenía un lado débil que explotar y como medio empleó al señor Penseroso.

El salón de Fernanda estaba abierto para nosotros todas las noches. Don Benito reinaba allí como un tirano. Algunas noches solía concurrir el señor Penseroso, por quien mi tío había cobrado una viva simpatía. ¡Tan dulce, tan suave era aquel santísimo y virtuosísimo padre!

Blanca le hacía toda clase de fiestas y cariños al insinuante abate: al sen-

---

234  *Menaje*: muebles y accesorios de una casa
235  *Abate*: eclesiástico de órdenes menores
236  *Colón*: principal teatro argentino, fundado en 1857

társele al lado, aquella criatura, fría e impávida, se volvía una gata mimosa con el clérigo: le besaba respetuosamente el dedo ceñido por el anillo de regla: le tomaba el capelo[237], le traía ella misma la taza de té y le ponía en la boca alguna rica golosina de Roverano[238], con una gracia indescriptible. El sacerdote se revenía y se entregaba rendido a la encantadora.

Blanca pertenecía a las *Hermanas de los Santos,* sociedad de niñas, de la que era presidenta y en la que ejercía una grandísima influencia.

En esta sociedad andaba la mano de los jesuitas; ellos les habían confeccionado sus reglamentos disciplinarios, en los cuales preponderaba un espíritu de inquisición completa: un librito reservado, de pocas hojas, en el que abundaban las transacciones del pudor con las conveniencias sociales y las exigencias religiosas; los casos en que las socias podían inquietar la virtud de los hombres con sus prendas físicas y morales; las ocasiones en que era lícito escotarse, y creo que hasta la línea del busto de la que el escote no podía pasar.

Blanca se ganó al señor Penseroso en cuerpo y alma, y el señor Penseroso, por una parte, y Montifiori y Blanca por la otra, sitiaron y rindieron a mi tío.

Muy pronto don Benito y yo advertimos las consecuencias.

Ya era tarde: mi tío Ramón babeaba por la linda hija de su amigo y la sociedad comenzaba a anunciar su casamiento con ella.

Un día, sin embargo, nos resolvimos con don Benito a hacer el último esfuerzo. Comíamos juntos en su casa: mi tío se había sentado a la mesa de punta en blanco, como un pollo de veinticuatro años. Concluida la mesa, haría su visita a lo de Montifiori.

—Diablo, que está usted elegante, para viudo tan fresco –le dijo don Benito.

—¡Eh! –contestó mi tío–. Voy a la ópera esta noche.

—Nosotros también vamos, qué diablo, pero no se nos ha ocurrido vestirnos como usted...

—Es que yo no voy solo –contestó mi tío.

—¡Cómo! ¿persigue alguna aventura entre telones? –preguntó don Benito con sorna.

—No... déjense de bromas, acompaño a la familia de Montifiori, a Blanca...

—¿Usted? –inquirió don Benito, apuntándole con el dedo.

—Sí, yo, ¿qué tiene de extraño?

—Don Ramón, usted enamorando a Blanca Montifiori, ¿tiene valor?

—¿Y por qué no?... si les dijera a ustedes que soy aceptado.

—Pero tío –le dije–, esa es una unión imposible, absurda. Blanca es una mujer joven, usted casi le triplica la edad.

—Julio –me dijo–, toda reflexión es inútil: Blanca me ama.

—Ama su dinero, amigo –dijo don Benito dando un golpe sobre la mesa.

—¡Don Benito!... –exclamó mi tío, con un gesto de impaciencia.

237  *Capelo*: sombrero de cardenal
238  *Roverano*: familia propietaria de la Confitería del gas (fundada en 1850), la primera en adoptar ese tipo de iluminación

—¡Eh! Sí, señor... su dinero... ¡y es una vergüenza ese casamiento, una gran vergüenza! Usted va a ser el hazmerreír del mundo. Usted que ha salido de las garras de una mujer absurda, va a caer en las manos de...

—¡Don Benito!... –interrumpió mi tío Ramón.

—Tío –le dije–, piense usted lo que hace, a usted no le cuadra una mujer tan joven... espere... reflexione.

—Cualquiera te tomaría a ti por un celoso –me contestó recalcando la frase. La sangre me subió al rostro y no pude disimular mi turbación.

—¿Y cuándo serán las bodas? –preguntó don Benito, sonriéndose.

—¡Eh! vaya usted al diablo –contestó mi tío Ramón–; no estoy para ser objeto de sus bromas –y se levantó de la mesa violentamente.

Se daba *Semíramis*[239] aquella noche, y Colón estaba de gala; los palcos, ocupados por las más lindas y conocidas mujeres de la gran sociedad, presentaban un aspecto deslumbrador. Se había cantado el primer acto; la Borghi[240] y la Scalchi[241] electrizaban al público y en la sala no se escuchaba sino el eco del entusiasmo y de los elogios.

Una noche clásica de ópera en Colón reúne todo lo más selecto que tiene Buenos Aires en hombres y mujeres. Basta echar una visual al semicírculo de la sala: presidente, ministros, capitalistas, abogados y leones, todos están allí; aquello es la feria de las vanidades, en la cual no faltan sus incongruencias de aldea: el vigilante de quepis encasquetado en medio de la sala; la empresa, en *en ménage,* instalada en uno de los mejores palcos del teatro, el humo de los cigarros obscureciendo la sala entera.

No había concluido el primer acto, cuando en un palco de la izquierda aparecieron Fernanda y Blanca Montifiori con el doctor Montifiori y mi tío. Las dos mujeres estaban radiantes de belleza y de lujo. Parecían dos hermanas. Todas las miradas se concentraron en el palco, todos los anteojos se clavaron en Blanca y Fernanda. Don Benito, que estaba a mi lado, me tocó el brazo. El teatro entero hacía un solo comentario.

A nuestro lado, teníamos dos jóvenes impertinentes que conversaban, sin conocernos, con toda desfachatez.

—El viejo, aquél, el que ahora se le acerca –le decía uno de ellos al otro.

—No puede ser... –contestaba éste.

—Te digo que sí; ése es el novio...qué *toupét* [242] de mujer.

—¿Pero estás seguro?

—Ciertísimo... si conozco mucho el viejo, cuando yo estaba de practicante en lo del doctor Trevexo, iba todos los días al estudio.

—¿Y a ella la conoces?

—¡Bah, bah, de la escuela... era la piel del diablo cuando chica... un potro!...

239  *Semíramis*: ópera del compositor Gioacchino Rossini (1792-1868), estrenada en
      1823. Basado en la tragedia de Voltaire narra los avatares de la sucesión luego
      del asesinato del Rey Nino, presumiblemente por su esposa. El personaje central
      es Semiramis, Reina de Babilonia, famosa por su belleza y sensualidad.
240  *Borghi*: Adelaïde (1829-1901), mezzo-soprano italiana
241  *Scalchi*: Sofia (1850 - 1922), mezzo-soprano italiana
242  *Toupet*: (fr. fam.) audacia

Don Benito, mudo, pero dejando vagar una leve sonrisa por los labios, seguía tocándome el brazo a cada palabra de los indiscretos.

—¿Pero será posible que se casen?...

—Vaya, ciertísimo.

—¿Y el padre es capaz de autorizar semejante casamiento?

—El padre tiene las agallas de un dorado... ¡Tres millones de duros valen la pena, qué diablos!

Los comentarios que hacían a nuestro lado aquellos dos mozalbetes, re-
corrían sin duda los palcos y la cazuela.

Bastaba observar ciertas caras, con un poco de atención, para conocer las
impresiones que producía en el teatro la presencia de mi tío en el palco de
Blanca. En la cazuela se sentía el tajear de las lenguas, lo mismo que se siente la hoz que siega un pastizal.

La cara de la parroquiana de la cazuela se alumbra con el espectáculo que
presenta un palco con una mujer lujosa y mundana; la cazuela comunica su
impresión inmediatamente a su vecina; ésta le hace un gesto correspondien-
te al asunto de que se trata, en seguida se hablan, cuchichean, ríen, se ponen
graves, miran de nuevo al objeto del comentario y la escena se prolonga hasta que se levanta el telón.

En la cazuela no queda títere con cabeza: albergue de solteronas y de don-
cellas, a las que el lujo y la riqueza no sonríen ni popularizan, se convierte en
Criterion: allí se pasan por cedazo todas las reputaciones, ya sean de hombres o de mujeres. Allí se publican los deslices de la más linda mujer casada,
que brilla en un palco, aunque sea más virtuosa que Lucrecia[243]. Allí se cuentan sus amores, se apunta al amante con el dedo, se ridiculiza al marido, se
narra la última aventura con verdadera e íntima fruición; las lenguas, como
otras tantas navajas de barba, no se contentan con afeitar; degüellan, ultiman,
descarnando la honra como se descarna un cadáver en la sala de autopsias.
Allí se cuentan, con nombre y apellido, las queridas de los hombres de moda; se saca la cuenta de sus hijos naturales; se explica por qué se deshizo el
casamiento con fulana, cuánto perdió en el club zutano, por qué fue a Europa, por qué se vino, a qué mujer enamora actualmente, cómo le hace caso,
dónde se ven y hasta en qué casa tienen lugar las citas.

Madres de familia, las que creéis que el cielo está arriba, no llevéis jamás
a vuestras hijas a la cazuela.

Rogad a Dios que las lleve Satanás al infierno antes; en el infierno estará
más protegido su pudor, que en aquella galera donde vuela el chisme, enre-
da la intriga, muerde la calumnia y se ensaña la envidia.

Los que tenéis autoridad, abolid la cazuela: meted en ella el elemento mas-
culino: la mujer sola se vuelve culebra en aquel antro aéreo.

Aquella noche la cazuela dio cuenta de la reputación de mi tío y de la de
Blanca. El doctor Montifiori, en medio de la íntima satisfacción que revela-

---

243 *Lucrecia*: esposa de Tarquinio Colatino, afamado por ser pudorosa, que se
    suicidó (509 a. C) por haber sido violada por Sexto Tarquinio, el hijo del rey Tar-
    quinio el Soberbio.

ba su rostro por el triunfo de sus planes, no alcanzaba a calcular, a pesar de su gran malicia, todo el veneno que había destilado la cazuela sobre él, sobre su mujer, su hija y sobre la inmaculada cabeza de mi tío Ramón, su futuro yerno.

# XIV

Seis meses después, la boda de mi tío Ramón con Blanca, era cosa arreglada. Ningún casamiento ha agitado más que aquél los círculos sociales de Buenos Aires. En el teatro, en Palermo, en los bailes, en los clubs, en la iglesia, no se hablaba de otra cosa. Mi tío había hecho demoler y reedificar gran parte de su casa de la calle Victoria. Yo había hecho la resolución de abandonarlo, de volver a vivir con don Benito, pero él no me lo había permitido; había comenzado por pedirme que no lo hiciese y concluyó por suplicármelo de tal manera, que muy a pesar mío tuve que renunciar a mis proyectos. El antiguo palacio burgués de los Berrotarán había sido completamente transformado bajo la artística dirección del señor Montifiori. Mi tío había decorado su casa con todo el confort y el aticismo modernos. Era aquel el nido más hermoso en que una mujer de mundo podía soñar; y cosa singular, hasta el novio se había rejuvenecido, y había tomado todos los contornos de un hombre de mundo.

El 20 de junio de 1883 a las nueve de la noche, una larga serie de carruajes particulares se apostaba en la parte más central de la calle San Martín y las personas que de ellos descendían, entraban por un espacioso zaguán en una casa que ocupaba un extensísimo frente. La puerta de calle, cubierta por una inmensa cortina grana, daba entrada a una amplia galería tapizada de paño rojo y profusamente alumbrada y decorada por guirnaldas y flores. Dos lacayos de librea guardaban sus puertas de cada lado de la entrada. Se sentía allí un ambiente tibio y agradable. Todo Buenos Aires aristocrático desfilaba por aquella galería: los grandes hombres de estado, el alto comercio, la banca, el ejército, la magistratura, el foro, las letras, la prensa. Las mujeres, cubiertas por pieles y felpas variadas, ganaban la escalera friolentas y apuradas, prendidas del brazo de sus acompañantes.

Aquella casa era el palacio del doctor Montifiori, donde debía tener lugar aquella noche el casamiento de mi tío Ramón con la señorita Blanca de Montifiori, hija única del famoso hombre de mundo que ya conocemos.

La casa del doctor Montifiori bien merece una página. El trópico había brindado sus más ricas y voluptuosas galas para adornar el espacioso vestíbulo cubierto de mosaicos bizantinos. Esa flora artificial de la moda que prepara cuidadosamente la tierra, y le exige los frutos raros de la fantasía de los artistas de la botánica, rivalizaba aquella noche con los ejemplares más curiosos del Jardín de Plantas. El jardín de la Tijuca había contribuido en sus más bellas muestras. Desde el vestíbulo bajo hasta el alto, incluso la gran escalera de encina tallada, las hojas perezosas caían sobre sus tallos en grandes vasos de alfarería o de madera; los helechos, la parietaria, el lotus y los nenúfares, extendían sus hojas, cautivas de la moda despótica, bajo cuyo imperio parecen sentir la nostalgia de las linfas de los arroyos en que fueron sorprendidas.

La mansión de Montifiori revelaba bien claramente que el dueño de casa rendía un culto íntimo al siglo de la tapicería y del *bibelotaje*[244], del que los hermanos Goncourt[245] se pretenden principales representantes: todos los lujos murales del Renacimiento iluminaban las paredes del vestíbulo: estatuas de bronce y mármol en sus columnas y en sus nichos; hojas exóticas en vasos japoneses y de Saxe; enlozados pagódicos y lozas germánicas: todos los anacronismos del decorado moderno; en fin, Montifiori, bien juzgado, era un poco burgués a lo monsieur Jourdain [246] al fin. Había progresado mucho, es cierto; sus largos viajes por Europa, su malicia y su instinto, le habían complementado sus deficiencias, y en materia de *chic* era *as* en la aristocracia bonaerense, que no es tan fina conocedora de arte, como se pretende, a pesar de su innata insuficiencia. Verdad es que el siglo tapicero necesita de dos elementos para brillar: del judío cambalachista e importador, del *brocateur,* como le llaman los franceses, y del burgués fatuo que compra y colecciona y que se da por fino y sagaz conocedor de lo viejo, de ese inestimable *vieux,* que todos se disputan, aun a riesgo de que resulte apócrifo.

Montifiori rendía su culto a lo antiguo; además del gran salón Luis XV, con sus muebles tallados y dorados, vestidos de terciopelo de Génova color oro, y en el cual dos lienzos de la pared estaban ocupados por dos tapicerías flamencas, las demás habitaciones ofrecían el desorden más artístico que es posible imaginar. En los muros, tapizados con ricos papeles imitando brocatos y cordobanes, una serie de cuadros grandes y pequeños absorbía la atención de los curiosos. Cuadros eran ésos en los que Montifiori cifraba todo su orgullo. Allí había un boceto de ninfa sobre un fondo ocre sombrío, iluminado por dos o tres pinceladas audaces que denunciaban las formas de una mujer desnuda, de carnes bermejas y senos copiosos, y que Montifiori mostraba como un Rubens en el caballete de felpa cerezo que lo exhibía; más allá cuadros firmados por Laucret, por Largillière, por Mignard, por Trinquez, por Madrazo, por Rico, por Egusquiza, por Arcos. De éstos, sólo dos de los últimos eran auténticos.

Entre las telas, algunos bajorrelieves en bronce; y sobre los muebles, piezas de todas clases, bronces antiguos y modernos; terracotas de Carpeaux, Chapu, y bustos de Cordier de Monteverde y de Dupré; un sinnúmero de reducciones de Barbedienne; vasos, ánforas y objetos menores sobre tapices orientales, entre los cuales se veían variedades de *bibelots* en esmalte, en Sa-

---

244  *Bibelotaje* (bibelotage): del francés, colección de objetos preciosos
245  *Goncourt*:  Edmond (1822-1896) y Jules de Goncourt (1830-1870) cuyas novelas
      sirven de base para el realismo y el naturalismo literarios en Francia
246  *Monsieur Jourdain*: personaje de "Le Bourgeois gentilhomme" de Molière

xe, en Sèvres, en carey, en marfil viejo.

Como se ve, la casa del suegro de mi tío pagaba su tributo a la moda; un galgo aristocrático de raza, habría encontrado mucha incongruencia allí; mucho apócrifo, mucha fruslería[247]; pero el hecho era que Montifiori también entendía de japonismo, de gobelinos, de tapicerías flamencas, de vidrios de Venecia, de lozas y bronces viejos, de lacas y de telas de Persia y Esmirna.

Allí andaban todos los siglos, todas las épocas, todas las costumbres, con un dudoso sincronismo si se quiere, pero con un brillo deslumbrador de primer efecto, ante el cual el más preparado tenía que cerrar los ojos y declararse convencido de que el doctor Montifiori era todo un hombre de mundo.

En aquel salón, único en Buenos Aires, Fernanda jugaba su *baccarat* con don Benito y dos o tres amigos más, las noches vacantes de teatros y bailes; el señor Penseroso hacía su propaganda evangélica, y Blanca en un rincón de la sala enloquecía a mi tío, contándole la gran pasión que había sabido inspirarle entre cien hombres de mérito a quienes había desairado por él.

El casamiento de Blanca Montifiori había reunido en su casa a las mujeres más lindas del día. El reportaje ya había hecho el inventario de los regalos. ¡Qué maravillas! Una novia como Blanca, fuera de los mil ramos que son de orden, no podía recibir sino diamantes, perlas y zafiros. Su padre, hombre de grande influencia en los círculos; su novio, uno de los hombres más ricos; Fernanda, la mujer en boga; Blanca, la criatura más distinguida del salón porteño, ponían aquella noche en conflicto la bolsa de cada uno de los concurrentes.

¡Tiene tal sello inconfundible el regalo oficial en una noche de bodas!

Porque es necesario convenir; ¡qué diablo! aun cuando se trate de mi tío Ramón y de su linda novia, en que Buenos Aires regala un poco por el qué dirán, compra lo más barato que puede, pero nunca sin transar con el punto de honor, con el amor propio del que regala, porque todos quieren ser los primeros en la feria de las exhibiciones, gastando lo menos posible. Así, pues, los más ricos regalos de una boda no los hacen generalmente los más ricos capitalistas, sino los más necesitados. Aquella noche, por ejemplo, el doctor Bonifacio de las Vueltas, amigo personal del doctor Montifiori, bella fortuna, bella posición política, en situación de servir y no de ser servido, había regalado qué sé yo qué par de estatuas imposibles, imitación bronce de pacotilla, mientras que mi ex patrón, don Eleazar de la Cueva, un hombre quebrado, en una situación desesperante de fortuna, había arrojado sobre la cabeza y el cuello de la linda novia una cascada de perlas y de diamantes.

—Pero ese don Eleazar es famoso –exclamaba Montifiori, admirando los espléndidos aderezos del viejo judío...– ¡Es un artista, *homme de monde* ! ¡Qué diferencia de ese imposible y tacaño ministro, que manda esos mamarrachos de lata a mi hija!

La curiosidad no dejaba quietas a las mujeres aquella noche.

247  *Fruslería*: objeto de poco valor

Ellas conocían al dedillo todos los regalos de la novia: los diamantes, las perlas, los zafiros, los rubíes, las cadenas de pulseras y anillos y la serie de diademas, de aros y flores de piedras preciosas, que la vanidad humana había depositado a los pies de aquella criatura que vendía su cuerpo a los tres millones de un viejo de más de setenta años. Pero en lo que las mujeres sobresalían, era en la crónica de los trapos: se habían aprendido el *trousseau*[248] de memoria como el librito secreto de la *Sociedad Hermanas de los Santos*.

—Doce vestidos de calle –decía una personita impertinente, de veinticinco años largos, sacando la punta de su zapato de raso por el ruedo del vestido.

—¿Doce? –le pregunta la vecina–, quince... ¡yo los he visto todos!

—¿Es posible?

—Ya lo creo... –replicaba con suficiencia la que parecía más informada.

—Dicen que hay uno de baile espléndido, color *bleu d'eau* y otro de terciopelo estampado color marfil, guarnecido con ramos de rosas té. ¡Y los *matinées* son espléndidos! Pero a mí lo que me gusta más, es uno color turquesa muerto. ¡Qué monada!

Y el pudor y el buen gusto no me permiten continuar; aquellas niñas comenzaron por los vestidos, siguieron por las medias y acabaron por inventariar con el desparpajo de un cirujano que hace una operación, hasta las piezas de ropa del más íntimo uso de la novia.

Eran las nueve y media ya, y el salón estaba lleno de hombres y de mujeres, cuando aparecieron Fernanda del brazo de mi tío, y Blanca del brazo de su padre. El señor Penseroso vino a encontrarlos. Las amigas de la novia, vestidas todas de blanco, la rodearon mientras que el sacerdote tomaba suavemente la mano de mi tío y le indicaba que se la diese a Blanca. La rueda de curiosos estrechó el círculo; las mujeres se ponían en puntas de pie; todos querían presenciar la ceremonia. La fisonomía de Blanca no manifestaba turbación alguna: parecía la estatua de la satisfacción. Yo nunca la había visto más linda; nunca el oro mate de sus cabellos había dado más realce a su fisonomía que aquella noche. Su vestido de novia era un poema en el que el telar y la aguja habían hecho las más espléndidas estrofas a su belleza. Entre aquella cascada de flores y de diamantes, de encajes, brocatos y felpas primorosas que invadía el salón de Montifiori, la novia se presentaba con una elegancia llena de distinción, con su traje blanco con aplicaciones de terciopelo cincelado, y por único adorno una onda desbordada de encajes de Inglaterra, que naciendo en el cuello, iba a perderse en su gran cola, después de haber perfumado el contorno con su mística y vaporosa blancura. Dos gruesas perlas, hermanas de los azahares, servíanle de pendientes, y su seno, aquel seno escaso que tan mal sueño me había producido, cerrado completamente por la bata, daba a su busto una corrección de líneas inimitable.

¡Era feliz mi tío!

El señor Penseroso con una dulzura exquisita y un laconismo[249] de la más

---

248 *Trousseau*: (fr.) ajuar, conjunto de ropa
249 *Laconismo*: brevedad de palabras

urbana discreción dijo la ceremonia. Era de ver aquel viejo de cascos ligeros, tonto y baboso, que había vivido dominado por una vieja perversa casi toda su vida, al lado de una criatura llena de vida, de juventud y de belleza, creyéndose capaz el pobre, de haberle inspirado una pasión. Era de ver también la flema con que Montifiori presenciaba el enlace de su hija; y por último pasmaba la apatía con que Blanca se entregaba a un marido que carecía, como era natural, de todos los encantos que un hombre puede ofrecer a una mujer joven y bella.

Cuando el sacerdote terminó la ceremonia, mi tío se echó en brazos de Fernanda y Montifiori en brazos de su hija: los amigos hicieron iguales demostraciones con los novios; no hubo sollozos ni lágrimas, y apenas hubieron terminado las felicitaciones, cuando la orquesta inició el baile, con aquel mismo vals de Metra que yo había bailado con Blanca un año antes, en el Club del Progreso. Se organizaron las parejas y el bullicio y el movimiento invadieron de nuevo el espacioso salón de Montifiori.

Allí encontramos a todos nuestros conocidos del club y a muchos hombres en boga. Montifiori ha convidado a todo el mundo: la casa es pequeña para contener la concurrencia; no faltan ni los desconocidos recientemente llegados; porque en Buenos Aires somos tan amables, que es más fácil abrir la puerta de un salón del gran mundo a un extranjero que acaba de llegar, sea quien fuere, que a un hijo del país que nunca ha salido de su patria; ¡costumbres sudamericanas!

Siempre se cree que es de mal tono no invitar al brillante desconocido, que ha aparecido una noche en la platea del Colón, o un domingo en el bosque de Palermo.

Me acerqué a Blanca; la cumplimenté; me tendió la mano sonriendo, y me dijo:

—Seremos grandes amigos... Soy su tía... –agregó con una sonrisa.

—Lo seremos –le contesté con afecto.

Mi tío me abrazó, pero al sentir su pecho sobre el mío, yo hubiera deseado que no lo hubiera hecho. Sentía vergüenza de mí mismo; deseos de desprenderme de él, de no verlo, de no haberlo conocido. ¿Amaba a Blanca? No: ¡qué diablo!, no la amaba, no la había amado nunca, no habría podido amarla y menos desde aquel día. Ese casamiento era una explotación, y yo le había cobrado una innata repugnancia; porque, al fin, aquella mujer era una mujer de mármol, una mujer sin alma, sin sentimiento, sin poesía siquiera.

Casada con un truhán, con un libertino, pero joven y con el prestigio propio de un hombre, yo la habría comprendido; pero venderse a un viejo valetudinario [250], a un hombre sin talento, sin espíritu, sin fuerzas...¡cómo justificarla! ¡Cómo creerla digna de ser sentida y amada!

En el bullicio del baile, los novios desaparecieron; bajaron precipitadamente la grande escalera, ganaron el cupé que los esperaba en la puerta de ca-

---

250 *Valetudinario*: enfermizo, delicado, de salud quebrada

lle y muy pronto estuvieron en la morada que mi tío había preparado para que Blanca pasara su luna de miel con sus setenta y tantos años.

Aquella noche, cuando los pesados y ricos cortinados de la cámara nupcial cayeron sobre los misterios de Himeneo, el Dios del amor debió cerrar sus pliegues con vergüenza, como si se sintiese deshonrado de servir de guardián a los desposorios del Tiempo con la diosa más joven del Olimpo.

Mi amigo don Benito, correctamente vestido, charlaba aquella noche en un rincón del gran comedor de la casa de Montifiori con varios muchachos alegres que comentaban el enlace de Blanca.

—Lo único que le hace falta al novio, es que Montifiori le consiga un pedacito de cinta para el ojal como la que él usa –decía riendo uno de los jóvenes de la rueda.

—¡Eh!, no es tan fácil eso... –decía otro.

—¡Qué no! Mire usted aquel tipo que está allí, aquel narigón. Ha sido vendedor de trapos toda su vida; se dio importancia, se hizo amigo de algún diplomático, y al poco tiempo la mujer le puso un moño en la *boutonnière*251 y ahí lo tienen ustedes. ¡Vean con qué garbo muestra su escarapela!252

—Y cómo goza Montifiori con esas cosas... ¿eh?

—En fin, esperemos que don Ramón vaya a Europa mañana, compre un título, y que Blanca sea baronesa de algo... –dijo don Benito después de haber apurado una copa de champagne.

—¡Diablo con Montifiori! ¡qué vino nos hace beber! ¿Pero quién lo surte?... –agregaba don Benito–; este champagne es abominable... ¿si nos creerá tontos este gran pieza de Montifiori?

—El cristal de las copas es de primer orden, pero los vinos de Montifiori están a la altura de la mayor parte de sus invitados. Hombre práctico al fin, él sabe que a su casa viene toda clase de gente. Es absurdo, pues, dar buen vino a todo el mundo. ¿Para qué? ¿Quién lo sabría apreciar?

Yo me mantenía retirado de aquel grupo de maldicientes. Me faltaba mi compañera de vals, pasaba por mi memoria el recuerdo de lo que me había sucedido el año anterior. Iba a vivir en la misma casa... ¿qué importa? Yo estaba seguro de mí mismo, ¿qué podía temer? En estas reflexiones estaba abstraído, cuando don Benito vino a golpearme en el hombro.

—Julio –me dijo–, ¿vamos a cenar al club?

—Vamos –le respondí maquinalmente, después de haber saludado a Montifiori y a Fernanda y tomamos nuestro carruaje.

—Sabes –me dijo ya en el coche don Benito– que Fernanda me ha ganado 5.000 duros... ayer.

—¡Fernanda! ¡qué! ¿juega Fernanda?

—¡Bah!...

—Y...

—Y... se los he tenido que pagar... –agregó riendo–; vale la pena de per-

251  *Boutonnière*: (fr.) ojal
252  *Escarapela*: divisa de cintas

derlos con ella –añadió–. Si tu honor te lo permitiera, yo te aconsejaría que te los dejaras ganar por Blanca.

—Vamos –le dije, poniéndome serio–, don Benito, eso no es correcto... Blanca es la mujer de mi tío... respetémonos, respetémosla.

—Vaya, niño... no se incomode; respetemos a la señora de su tío de usted... pero tenga cuidado con ella para poderla respetar.

En aquel momento mismo llegábamos al club.

Cenamos y nos dieron las tres de la mañana. En todo el club no se hablaba de otra cosa que de la boda, y como era natural, la crítica se recreaba en morder el argumento por todas sus faces.

—¿Vienes a casa? –me dijo don Benito–; tu cuarto está pronto.

Acepté. A las cuatro de la mañana entrábamos en la casa de mi viejo amigo. Charlamos largo rato y en medio de la charla de don Benito, me adormecí. Entonces, un sueño espantoso pasó por mis ojos. Me vi trasladado a los tiempos del colegio. En la puerta de calle vi a Valentina que parecía esperarme. Era el día de su santo. Llegué a su casa, le di el ramo de jazmines que llevaba para ella: me inquietó la presencia de don Camilo en la mesa. Por la noche, Valentina se acercó a mi lado en el jardín, juntos miramos al cielo; veía su cara risueña y espiritual, sonriendo, llena de luz, de vida y de sentimiento; oí en el piano las notas graves de Beethoven, me despedí de ella... La volví a ver otro día por la última vez... no pude, no supe decirle que la quería... Mi sueño se fue complicando poco a poco... apareció primero entre sus imágenes, la figura escuálida de un clérigo, después mi tío... a su lado, una mujer joven le estrechaba la mano... esa mujer era Valentina... Sentí una terrible opresión en el pecho; quise correr para separarlos, no pude: tenía ligados los pies; quise gritar para que me oyesen, tampoco pude, la emoción cerraba mis labios. Las fuerzas me faltaban; entonces vi caer la mano del clérigo sobre la pareja que recibía su bendición y caí desmayado. ¡Todo había concluido para mí!... ¡Valentina no me pertenecía ya... la había perdido!

¡Ah! pero entonces el terrible sueño que me oprimía como una piedra, se deshizo como un vapor sutil y desperté... ¡Oh! ¡qué íntima, que inmensa alegría inundó mi ser, cuando pensé que Valentina era libre!

# XV

M i vida no cambió mucho por cierto con el casamiento de mi tío Ramón.

Blanca, con un tren de lujo extraordinario, vivía en el mundo, en los teatros, en los bailes, en todas las fiestas y paseos más concurridos. Dominado su marido desde el primer momento, el pobre viejo iba siempre a remolque de su mujer, sin oposición, sin protesta de ningún género. Yo los acompañaba poco; vivía aislado en un departamento independiente de la casa, porque me mortificaba el trato de aquella mujer fría y ligera que no podía vivir sino en una atmósfera de lujo y de pompa. El círculo de los amigos solteros de mi tío Ramón, se había extendido considerablemente, con motivo de su casamiento. Montifiori le había traído a todos sus camaradas del gran mundo, dos o tres diplomáticos, aves de paso, chismosos y murmuradores, como todas las mediocridades del género; uno o dos banqueros; no faltaba nunca algún personaje político de más o menos importancia, ni un grupo de muchachos alegres y calaveras, que solían comer allí y alegrar la tertulia de Blanca, en la que Fernanda gozaba de una influencia suprema. Por la noche se tocaba, se cantaba, se saboreaban los escándalos sociales, se criticaba, se mordía en grande y se jugaba... se jugaba grueso. Era la única mala pasión del gentil don Benito; superior en él a todas las otras, lo dominaba y lo consumía.

Caballero a carta cabal, un gentilhombre a toda prueba, solo, sin hijos ni parientes, había tomado la vida con una suprema frialdad y se le importaba muy poco del mundo en todo aquello que no fuera para él materia de honra. El sabía y conocía su situación; encontraba alegre la vida en el salón de Fernanda y de Blanca, hacía en él sus campañas amorosas y perdía como todo hombre feliz en amores, sus buenos billetes de banco. En el punto de honor, era un caballero antiguo, abierto, desprendido, pródigo hasta el exceso con las mujeres; calavera sin escrúpulos en materias parvas [253]; burlón de los avaros y de los necios, lengua libre y corazón de oro en medio de los terribles defectos mundanos que le atribuían ciertas mamás consternadas por su mala fama.

Una tarde que don Benito y otros amigos comían en lo de Blanca alegremente, como de costumbre, mi linda tía se sintió indispuesta. Mi tío se alarmó

253 *Parvas*: pequeñas

profundamente; todo el círculo de invitados procuró manifestar igual alarma. Se llamó al doctor de la familia, un médico joven y sagaz, fino conocedor de aquel centro social y mundano. Vio a Blanca, la sometió a todas las añagazas y a todo el procedimiento aparatoso del arte, y en medio de la aflicción sincera de mí tío y de los invitados, sacó al marido aparte y le dijo sonriendo:

—Bien, amigo don Ramón... le felicito...

—Doctor, no entiendo... perdone usted... –le contestó mi tío.

—Pues dígale a Blanca que se lo explique... ¿no le ha dicho nada?

—¡Ah! –exclamó mi tío golpeándose en la frente. ¡Pobrecita! ¿Quién lo hubiera creído?... ¿Será posible? ¡Ya me lo había sospechado!

—¿Y por qué no? Cualquiera, conociéndolo a usted... ¿o pensaba usted... que, casándose con una muchacha como ésa, no?...

—¡Oh! no, no –contestó mi tío con cierto orgullo reconcentrado, como un hombre que está persuadido de haber cumplido con su deber.

La novedad se contó en voz baja a los contertulianos. Blanca, echada negligentemente en un canapé, la oía comentar y circular por el salón, y pasada la primera crisis y bebida la fórmula anodina que había recetado el médico, dejaba caer sus miradas frías y distraídas sobre las páginas de un periódico ilustrado que apenas podía sostener en sus manos. Mi tío Ramón hacía pucheros de alegría y de íntima satisfacción. ¡El, sin sospecharlo, él, a sus sesenta y tantos años, había producido aquel verdadero atentado contra la regularidad del equilibrio lunar! Blanca, pálida como de costumbre, lo llamaba a ratos a su lado, le pasaba la mano por la cara, le daba en ella cariñosas palmaditas con una fisonomía fingidamente huraña y resentida, ante la cual el viejo comenzaba por aflojar las rodillas, y por estirar los labios, y concluía por caer rendido como un criminal arrepentido, sobre un muelle y riquísimo *puf* que la enferma había hecho acercar a su lado. El cuadro era digno del satírico pincel de Hogarth [254]; los mimos de mi tío con su joven esposa, llena de caprichosos antojos, de manías y veleidades, tenían ese sello característico de los devaneos seniles, que rebajan la energía del hombre y deprimen tanto la dignidad de los ancianos.

Pero aquella criatura de alma viciosa sabía representar su papel como una gran artista, y hasta el mismo don Benito, que no comulgaba fácilmente con ruedas de molino, estaba rendido aquella noche ante ella, al verla desfallecida sobre un sofá, con la pollera de su riquísimo vestido de *surah* [255] ligeramente recogida, dejando ver su pie admirablemente calzado, y la garganta de su pierna cubierta por una media de seda bordada.

—Tengo un antojo –le decía a mi tío, tirándole de la pera–, y me voy a morir si no me lo satisfaces, sabes... ¡un gran antojo!

Mi tío ponía cara de bandido sorprendido infraganti.

254  *Hogarth:* William (1697-1764) artista inglés conocido por sus grabados donde se critican las costumbres y la moral de su época.

255  *Surah*: tejido cruzado que se caracteriza por las líneas diagonales muy marcadas producidas por el entrelazado de dos hilos de la urdimbre con un hilo de la trama en filas alternas, como la sarga, el cheviot, el foulard, el twill, la gabardina, etc.

—Un antojo... pero que nadie sepa lo que es... ni lo digas tú a nadie... Ven, acércate, yo te lo diré al oído...

Y el viejo, con movimiento de palomo, acercaba el oído a sus gruesos y provocativos labios.

—Valen muy poco, mira, y son espléndidas... quiero lucirlas en el primer baile... con el vestido de *velours frappé* que espero... Prométeme traérmelas mañana... Te adoraré; te perdonaré todo lo que sufro.

Y al día siguiente, el pobre viejo satisfacía los antojos de aquella insaciable criatura, trayéndole el collar de perlas que se exhibía en una de las joyerías más famosas de la calle de Florida, y ella, mimosa como una gata, se arrellanaba en su victoria, se cubría de pieles y se hacía arrastrar a Palermo para deslumbrar y humillar con su hermosura y su lujo a todas las mujeres de mundo que encontraba en su camino.

# XVI

Un día, tarde ya, casi a la hora de comer, encontré a Blanca, sola, en la salita donde acostumbraba a pasar el día, cuando no salía. Al verme entrar por la pieza inmediata, dio un grito de sobresalto, se puso pálida y dejó caer el libro que leía.

La saludé y me incliné para recogerlo; al dárselo, abrió los brazos. Comprendí el movimiento y le dejé caer el libro suavemente sobre las faldas.

—¡Qué susto me ha dado! —me dijo—, estoy tan nerviosa, que todo me da miedo.

—¿Y su marido? —le pregunté, aparentando no interesarme por su sobresalto.

—No sé —respondió—. ¿Conoce este libro? —agregó, indicando con un simple gesto el libro que mantenía sobre sus faldas.

—No; ¿qué libro es?

—Lea su título...

—No puedo leerlo —y en efecto, no era posible leerlo, porque el libro había caído dado vuelta.

—Pero déle vuelta —me respondió, siempre con los brazos levantados...

Me levanté, y con la punta de los dedos, volví el libro para leer el título.

—Lea —me dijo.

Leí:

— *Monsieur, Madame et Bebé.*

—¿Conoce? —me preguntó, con una muequita llena de coquetería.

—¡Oh! sí, es un poco antigua ya —le dije. Blanca se mordió los labios; pero, dominándose y con un semblante lleno de aparente placidez, tomó al fin el libro y lo puso sobre una pequeña mesa de felpa que tenía al lado.

—Sabe que usted es el más orgulloso de mis amigos —me dijo, con un tono resuelto.

—Yo, ¿por qué?

—¡Ah! sí —continuó—; usted no es el mismo que antes para mí, y mire, todos los hombres que vienen a esta casa, me contemplan, me adulan y me cortejan; pero usted es un indiferente en casa.

—Señora —le contesté, riendo—, usted está bajo la influencia de la lectura de Droz *.

*     ver nota 132, pág. 60

—No se ría. ¿Se acuerda usted de ahora dos años? Yo soy la misma mujer de entonces. ¿Cree usted que me he casado con el hombre que es mi marido, queriéndolo?...

—No... yo sé que usted no lo ha querido nunca –le repuse resueltamente.

—Y bien... –me contestó–, yo sé que usted me ha amado un día... ¿se acuerda usted?... Yo he llegado a un momento supremo de la vida, en que necesito amar y ser amada por un hombre digno de mí. ¡Soy una desgraciada!... ¿Qué pasión puede inspirarme ese hombre que es mi marido? Julio –agregó, levantándose de improviso y corriendo como una loba hacia la puerta de la habitación inmediata, que cerró con precipitación; Julio –me repitió–, yo he desairado a todos los hombres que vienen a esta casa, todos me son odiosos... Yo necesito un hombre joven, que me quiera, que me dé su alma, su corazón, en cambio de todo, de todo mi amor.

Yo permanecía frío e imperturbable en mi asiento.

—Señora –le dije–, ¿qué diría el mundo, si oyera sus palabras?

—¿El mundo? ¿qué me importa del mundo? No me impone ni lo temo. Yo he sido su víctima. Yo quiero vengarme de él. Pero necesito de usted. Al fin, ¿qué he sido yo hasta ahora como mujer? Una máquina para ese anciano débil y enfermo a quien arrastro por los salones, por las calles y por el mundo entre las burlas y las sonrisas de todos los que nos miran y nos encuentran.

—¡Blanca!

—¡Ah! Julio –prosiguió arrastrando junto a mí el pequeño sillón que rodó suavemente al impulso de su cuerpo–. ¡Yo le amo, le amo con locura! ¡Yo se lo había dicho a usted; mi corazón no lo daría sino a un hombre, aun cuando tuviera que vender mi cuerpo a otro, como ha sucedido!

Y tomándome las manos, aquella singular criatura, me clavaba las uñas como una pantera, y me irritaba con sus palabras ardientes y resueltas. El momento era crítico; la naturaleza rugió con toda su indómita fiereza; sentía el calor de su rostro sobre el mío, su cuerpo tibio sobre mi pecho; sus lágrimas de fuego caían sobre mis labios, su piel candente me quemaba, perdí la razón por un momento, abrí los brazos, se me nublaron los ojos y en un segundo de locura, bramando de cólera y de pasión, me iba a arrojar sobre aquella mujer como en un precipicio, cuando un relámpago de la razón iluminó mi frente y pude detenerme en el borde del abismo a que me había arrastrado un instante la fuerza estúpida de la carne.

# XVII

L os pronósticos del médico se cumplieron.

Pocos meses después mi tío era padre.

La suerte había sido pródiga. Difícilmente podría existir una criatura más encantadora que la hijita de Blanca. El mundo, según don Benito, había puesto sus puntos interrogantes; pero el mundo es malo y es necio. Nada más hermoso que aquella niñita que, según todos los que la conocieron, era un trasunto [256] de su padre. Blanca, sin embargo, después de los primeros meses, parecía hastiada ya de los cuidados maternos. Hacía tres meses que ni iba a bailes y que no hacía su partida de *whist* con los amigos de su padre.

¡Era triste la vida así! Esa vida de familia, el *bebé* que llora de noche, que pide inconsideradamente el sacrificio de las mejores horas de sueño: ¡Oh, qué vida tan insoportable!

Era necesario una nodriza. Por falta de una, Blanca había perdido un baile del club y otro baile particular y hacía semanas que se limitaba a sus excursiones íntimas con la madre.

Estaba desolada y con un humor irascible. El pobre tío pagaba aquellas intemperancias que le eran tan propias. No era capaz aquella mujer de comprender el amor de madre en toda su sublime expresión. Mi tío poníase achacoso [257]... los catarros comenzaban a minar su naturaleza; y Blanca, una vez aliviada de sus incomodidades maternales, quería indemnizarse de su ausencia de la sociedad y exigía que su pobre marido expusiese sus constipados a las corrientes de aire de los teatros y a las salidas de los bailes.

Era necesario obedecer; aquella mujer no daba tregua. No le era bastante el tren insensato de lujo que arrastraba: las rentas de mi tía Medea, incólumes [258] hasta el segundo matrimonio de mi tío, ya eran materia más que dudosa: los inmuebles de la ilustre descendiente de los Berrotarán soportaban ya algunas hipotecas en cambio de los diamantes que iluminaban la cabeza y el busto de Blanca y de las telas que arrastraba en las alfombras de los salones del gran mundo.

Sobrevino el primer período crítico de este enlace. Blanca comenzó por ir sola con la madre una noche al teatro. Su marido, que hasta entonces había he-

256  *Trasunto*: copia fiel
257  *Achacoso*: habitualmente enfermo
258  *Incólumes*: sin lesión ni menoscabo

cho todos los esfuerzos supremos para acompañarla y mantener alto el pabellón, se resignó por último. Los reumatismos tienen al fin la razón sobre la voluntad; y como era, según ese espléndido Montifiori, una verdadera crueldad, privar por un dolor insignificante de cintura de su yerno, a la pobrecita Blanca, de una noche de ópera, el buen viejo don Ramón, convencido al fin de toda la impertinencia de su enfermedad y de las excelentes razones de su magnífico suegro, se quedaba en su casa con *bebé,* mientras su linda mujercita resistía en Colón la carga de los más peligrosos anteojos de la temporada.

¡Pobre viejo! En las noches de soledad para él hacía traer a su lado la cuna de su hijita y junto a ella, cubierto de franelas y algodones, materialmente embutido en el hogar de la chimenea, pasaba las horas contemplando el rostro de aquel ángel que le brindaba sus primeras sonrisas y balbuceos. ¡Cuánta semejanza entre los niños y los viejos! En orillas opuestas ven tranquilamente precipitarse en medio de la corriente de la vida, en la que unos se han agitado y en la que los otros no sueñan en agitarse mañana. Un niño que sonríe en una cuna, que agita inconscientemente sus manecitas, que ríe o llora maquinalmente, es la manifestación más íntima, más pura de la ternura humana.

No se concibe que esa cuna esté sola: que la madre la abandone por un momento; el sueño de ese ser debe ser velado por ella, porque, si ella falta un instante, creeríase que esa vida embrionaria se extinguiría, falta del calor materno, de sus besos y de sus caricias.

¿Hay algo más bello que un niño que duerme? Ese sueño que parece alimentado por las alas de un ángel invisible, que se agitan en el misterio de la noche, ese sueño no se duerme sino en una edad. La expresión de un niño dormido atrae irresistiblemente. ¿Qué sueña esa alma inocente? ¿Qué idea, qué pensamiento agita ese cerebro?... ¿Por qué late suave, pausadamente, sin agitaciones ese tierno corazón de ángel?

Estas reflexiones debía hacerse el pobre viejo delante de aquella cuna que en cuatro meses había hastiado a la madre, ebria por los placeres del mundo, sedienta de lujo y de amantes. Al ver a su hijita dormida, el buen viejo debía meditar con tristeza en su porvenir. ¡El no la alcanzaría mujer tal vez! Y entonces, pensando en su pasado ingrato, en sus años de despotismo conyugal, debía sin duda, compararlos con el presente en que, enfermo y valetudinario casi, no tenía fuego en el alma, ni sangre en las venas para correr al lado de su linda mujer la carrera vertiginosa del mundo, en la cual caía como un rezagado, mientras ella, al frente de la alegre caravana, volaba cantando los aires valientes de la fuerza y de la juventud.

¡Oh! ¡Es triste la vejez!

Algunas noches, el viejo solía adormecerse ligeramente en medio de la muda contemplación de su hija. El reloj daba las doce, sin que Blanca hubiese regresado a aquel hogar trunco por la oposición de su vejez a su juventud.

De repente, una puerta se abría, un ruido de sedas cuyo *frou–frou* creeríase el paso de un duende, dejábase oír en la habitación, y a través de la media luz azulada del velador, el pobre viejo, enfermo y postrado, veía atravesar como un fantasma la sombra fascinante de Blanca, arrastrando ondas de rasos y encajes y dejando a su paso el perfume capitoso [259] de juventud que embalsamaba la visión de Fausto [260].

Entonces el martirio debía duplicarse: aquella aparición deslumbrante de todas las noches, que pasaba indiferente por su lado y el de su hija, sin detenerse, que no rendía culto ni a la ley del esposo ni al cariño de la madre, que volvía llena y tibia aún con los vapores del mundo en que vivía, después de librar la batalla del lujo en la feria de las vanidades; aquella aparición enloquecedora desaparecía, y ante los ojos fatigados del anciano se alzaba el espectro aterrador de doña Medea, riendo con una carcajada satánica, estridente y vengativa, y lanzando una blasfemia terrible contra aquel desgraciado del destino, víctima inocente de la suerte, que temblaba de espanto y de impotencia ante el recuerdo del pasado y el cuadro del presente.

Una tarde de primavera, mi tío, que ya había comenzado a sentir el peso profundo de la tristeza, me invitó a que lo acompañara en carruaje hasta Belgrano [261].

Mi aceptación llenó de gusto al pobre viejo. La tarde era bella y tibia; el río estaba claro y sereno como un cristal, y cuando los caballos comenzaron a trotar por el camino de Palermo, mi compañero comenzó a reanimarse con el aire puro del campo y la tranquilidad de la tarde.

El camino de la costa tiene cierto encanto poético de reminiscencias que los viejos no olvidan fácilmente. En el camino de los Olivos al Tigre [262] están enterradas sus primaveras. Aquellas caravanas ecuestres de otros tiempos que comenzaban por la madrugada en el Retiro y que terminaban en San Isidro o San Fernando a mediodía, y con bailes y pascanas [263] a media noche, tienen una larga historia en la vida galante de otra edad. Mi tío comenzó a recordarlas con cierta melancolía.

—¡Cuántos han muerto ya! –me dijo–. Tú no te puedes imaginar lo que era la costa entonces, en el mes de octubre, con los árboles en flor.

"El perfume de las aromas, de la retama y de los azahares embalsamaban el camino. Salíamos quince o veinte amigos, muchachos alegres todos, y de un galope llegábamos a las chacras de los Olivos y de otro a las barrancas de San Isidro. ¡Cómo hemos cambiado, Julio! ¡Qué fácil y qué llana era en-

259 *Capitoso*: caprichoso, terco, tenaz en sus opiniones
260 *Fausto*: leyenda alemana en la que el protagonista homónimo hace un pacto con el diablo para lograr sus designios personales, tema de la obra literaria del autor alemán, Johann Wolfgang von Goethe (1749-1832), y de la ópera del compositor francés, Charles Gounod (1818-1893)
261 *Belgrano*: antigua localidad de quintas, urbanizada a partir de 1855 y actualmente dentro de los confines de la Ciudad de Buenos Aires.
262 *Olivos al Tigre*: localidades que se extienden sobre la costanera norteña bonaerense hasta el delta del Río de la Plata, incluyendo San Isidro y San Fernando
263 *Pascana*: etapa, descanso o parada en un viaje

tonces la vida, ¡qué gratos recuerdos me traen ese río azulado y tranquilo y esas barrancas siempre verdes y risueñas! Allá, cerca de San Isidro, yo tenía una novia; se llamaba Luciana, una linda muchacha de dieciocho años, que cantaba con una gracia exquisita las canciones de nuestro tiempo. Yo era pobre y muy joven: la casaron con un viejo rico. ¡Ah, no te rías, así le ha pasado a Blanca conmigo, cualquiera diría que yo he querido vengarme de las mujeres! Pero ¡qué épocas aquéllas! Toda la costa nos pertenecía, en todas partes bailábamos, pasábamos el domingo entero en fiestas y por la noche, o el lunes de madrugada, nos poníamos en viaje para la ciudad.

El pobre viejo se animaba con sus recuerdos, y después, como despertado de su sueño por el presente, proseguía:

—¡Qué disparate he hecho en casarme, Julio, con una mujer tan joven! Yo lo siento, yo lo sé; no puedo hacerla feliz.

—Pero ¿y su hijita? –le dije...

—¡Es lo único que me da ánimo y fuerza para vivir! –me repuso–; si no fuera por ella, ¡qué solo estaría en el mundo! ¡Qué horrible sería mi desesperación! ¿No es verdad, que es una criatura encantadora? Y aquí, para entre nosotros dos, ¡qué poco la atiende la madre! ¡Verdad es, una criatura como Blanca que casi no ha tenido juventud! Yo no puedo exigirle el sacrificio de su alegría; es una niña todavía; una noche de teatro, un baile, una fiesta cualquiera la fascina.

"¡Yo lo encuentro natural, pero si al menos su hija le produjese el mismo entusiasmo!

"¡Ah, no te cases viejo!... Cada vez que yo pienso que no podré ya ver mujer a mi hija, me desespero. Me parece que el cielo me ha hecho concebir una esperanza para quitármela en seguida. Tú sabes cuán desgraciado he sido en mi vida pasada. ¡Qué mujer aquella que me deparó el cielo!... Cásate joven y con una mujer dulce y sencilla. Yo debo decirte que no sé qué ha sido peor para mí, si mi vida pasada de casado, o mi vida presente. Mi primera mujer, tú la conociste; no era posible ser feliz con ella: tenía un carácter agrio y duro, y mi segunda mujer, te lo aseguro, Julio, me obliga a hacer una vida tan artificial, que no sé cuándo he sufrido más, si en la guerra viva de la primera época o en la fiesta perpetua en que vive todo lo que rodea a mi suegro, el doctor Montifiori.

Ante aquella íntima confidencia, que era un verdadero desahogo, yo creía conveniente guardar silencio. No tenía palabras para consolar a mi tío con razones completamente contrarias a mis sentimientos y prefería callar, aun corriendo el riesgo de acatar todo aquel amargo y tardío arrepentimiento.

Habíamos llegado casi a la entrada de Belgrano, cuando mi tío dio orden al cochero que se detuviese junto a un pequeño rancho, en que jugueteaban tres o cuatro niños. Al detenernos, los niños se acercaron al carruaje y en la puerta del rancho aparecieron una mujer y un hombre, jóvenes ambos, que saludaron amistosamente a Alejandro que manejaba el coche, como si ya lo conociesen de antemano.

—¿Debe ser aquí –dijo mi tío–, no, Alejandro?

—Sí, señor, aquí es –repuso Alejandro.

Mi tío, a quien ya se habían acercado el hombre y la mujer, seguidos de los niños, que nos miraban curiosamente, les hacía no sé qué encargo doméstico que Blanca le había encomendado para ellos, y la mujer parecía oírlo con cierta duda y extrañeza.

—Pero ¿usted es el marido de doña Blanca? –le dijo al fin, como expresando cierta vacilación.

—Vamos a ver, ¿cuál de los dos será?... –le contestó mi tío señalándome y señalándose.

—Será ese mozo –replicó la mujer, y como yo le dijera que no, permaneció sonriendo, con la desconfianza propia de una persona a quien la quieren hacer víctima de una broma.

El hombre, callado, parecía participar de la desconfianza de su mujer.

—Pero, vamos a ver –recomenzó mi tío–, les parece que soy muy viejo para mi mujer, ¿no es verdad?

—¡Ah! no es eso solamente –dijo el paisano, con cierta inocencia–; es que aquí ha venido la señora con otro señor, nosotros hemos creído que ése era su marido.

Una sombra instantánea obscureció la fisonomía del viejo y una palidez mortal invadió su semblante. A mí me pasó algo análogo; la voz se me ahogó en la garganta, y viendo que se prolongaba aquella situación, de la que las gentes del rancho no se daban cuenta, les dirigí dos o tres palabras triviales, como para salir del paso y le di orden a Alejandro de dar vuelta. Este no se la dejó repetir, porque, listo y alerta como era, se debió dar cuenta en un segundo de la situación por que atravesábamos, y puso los caballos en movimiento.

Mi tío dejó hacer, y se hundió en un profundo silencio, pero al llegar a la barranca de la Recoleta, donde nos detuvimos, exclamó suspirando:

—¡Dichosos los que han muerto!

Y como yo pretendiera objetarle, me interrumpió, diciéndome en voz baja y acongojada:

—Mi hija, sólo mi hija me atrae a la vida...

Llegábamos a casa en el momento mismo que entraban Fernanda y Blanca después de una batida por las mejores tiendas de lujo. Madre e hija estaban lindísimas como de costumbre y vestidas con una suprema elegancia. Fernanda me estrechó la mano y Blanca acometió a su marido con los mimos y las zalamerías con que acostumbraba a hacerlo siempre delante de los extraños. Mi tío subía la escalera envuelto en una reserva absoluta mientras que su mujer no cesaba de contarle todo lo que había visto y comprado en el día, en trapos y en alhajas, colgándosele del brazo y representándole toda una comedia de cariños digna de una nieta que pretende engañar al abuelo. Subimos y entramos en el salón. Fernanda se me quejaba de la indiferencia de su yerno y yo procuraba imitar a mi tío tratando de no dejarme entusiasmar por la cháchara de aquellas dos señoras. Mi tío entró en los cuartos interiores, preguntando por su hija, y Blanca, notando que la indiferencia de su marido aumentaba, lo abandonó, y, furiosa, iracunda como ella solía ponerse cuando alguien le contrariaba sus gustos y sus caprichos, se volvió al salón donde yo me había quedado con la madre, y clavándome sus ojos claros y penetrantes, con una mirada llena de desdén, me dijo, señalando las habitaciones interiores donde su marido había desaparecido:

—¡Eso, se lo debo a usted... le doy las gracias!

—Blanca –le contesté–, no entiendo lo que usted me dice, no sé si es un cargo...

—Yo no necesito explicaciones –me repuso con un mal modo marcadísimo...– Lo mejor sería no vernos nunca.

—Eso no –le repuse–, no la complaceré...

—¡Qué!, usted me reta – exclamó atropellándome con los puños crispados.

En ese momento Fernanda, excitada también, se ponía de pie, pronta para entrar en la escena que se preparaba.

—No –dije a Blanca en voz baja–, siempre que usted no me amenace.

—Julio –dijo Fernanda–, por Dios, déjenos...

—Señora –le contesté–, no tengo inconveniente en complacerla, puesto que usted me lo pide, pero antes de retirarme quiero asegurar a su hija que no soy de aquellos que rechazan un afecto, con el fin innoble de pagarlo con una traición.

Y al retirarme, clavé los ojos en Blanca fijamente, mientras ella me lanzaba una mirada en la que procuraba medirme desde lo alto de su orgullo.

# XVIII

E ra la última noche de carnaval y el mulato Alejandro estaba de baile. Su comparsa [264], los "Tenorios del Plata", con un brillante uniforme blanco y celeste y sus botas imitadas en hule, invadía el teatro de la Alegría, campo de las batallas galantes de la clase, en los tres días clásicos del año. Pero el corazón de Alejandro no estaba aquella noche en el salón de baile, sino en los dormitorios de Blanca. Graciana, una linda y traviesa francesita, en quien Blanca depositaba todos sus secretos, había cautivado el alma del mulato, sin que los antagonismos de raza fueran una razón de timidez por parte del cochero o de repugnancia por parte de la sirvienta. La cuestión grave era saber cómo haría Graciana para ir al baile con Alejandro, y eso era algo difícil. La señora con su mamá iban al baile de máscaras del club. El viejo don Ramón permanecía en casa a causa de su reumatismo. Graciana debía velar aquella noche por el bebé; la noche anterior había estado de pascana con su Otelo [265]; porque es necesario saber que Graciana estaba fuertemente apasionada del mulato. Alejandro se daba un tono insoportable para con los de su clase, con motivo de sus nuevos amores; y la francesita, aunque estaba lejos de ser una doméstica como las de Zola, no tenía el más mínimo embarazo en desempeñar todos los servicios de su ama y en adorar a Alejandro, sin la más mínima limitación. Pero aquella noche, Blanca al salir enmascarada para el club, había recomendado a Graciana, de la manera más severa, que velara al marido a quien se le podía antojar vestirse e irla a buscar y sobre todo al bebé, a quien don Ramón no podía atender a pesar del entrañable cariño que sentía por su hijita. Graciana había jurado fidelidad, pero Alejandro, así que las señoras y el señor de Montifiori desaparecieron, comenzó a excitar poco a poco la imaginación de Graciana contándole las maravillas que aquella noche iban a hacer los "Tenorios" en el tablado de la Alegría.

La mujer es un ser débil en todas las clases sociales. Graciana comenzó por resistir y Alejandro terminó por vencer. Verdad es que el pardo tenía, según él, un ascendente poderoso sobre el bello sexo. Los dos amantes, una vez de acuerdo en bailar esa noche en la Alegría sin que los patrones lo notoran, pusieron en juego su plan. Alejandro vistió su uniforme de "Tenorio", color blanco y celeste, con gorra de oficial de marina, espléndido *specimen* de mojiganga [266] criolla; se echó al bolsillo el triángulo, su instrumento oficial en

---

264 *Comparsa*: agrupación de personas que en conjunto participan en carnaval o en otras fiestas
265 *Otelo*: el rey moro quien se casa con Desdémona, una mujer veneciana, inmortalizado en la obra homónima de William Shakespeare (1564-1616)
266 *Mojiganga*: representación teatral ridícula con finalidad de burla

la comparsa de los "Tenorios" y esperó a Graciana acurrucado debajo de la escalera, completamente a obscuras en el acto de la evasión de los dos danzantes fugitivos. Graciana, por su parte, recorrió las habitaciones; vio que mi tío no daba señales de vida, que el *bebé* dormía e hizo ruido en el cuarto de la niña, como para dar a entender que ganaba la cama. Después de media hora de silencio, notando que la tranquilidad de la casa era completa, saltó de la cama, descalza, para no hacer ruido; tomó la bujía encendida que alumbraba apenas la habitación y acercándose con ella a la cuna de la niña, notó que ésta dormía tranquilamente; dejó la luz como tenía de costumbre, y abriendo suavemente la puerta del aposento que daba sobre el corredor, y cuya cerradura había tenido cuidado de enaceitar para que no hiciese ruido, salió en puntas de pie llevando en una mano un par de botines de raso y suspendiendo en la otra nada menos que el dominó con que Blanca había asistido disfrazada la primera noche de carnaval al baile del Club del Progreso. La interesante mascarita cerró cuidadosamente la puerta, y ayudada por su amante, sin muchas exigencias de recato por su parte, se disfrazó en un instante; se calzó sus botines blancos, se colocó la máscara de raso, y ambos bajaron resueltamente la escalera principal, abrieron la puerta de calle con la llave que poseía Alejandro y se encontraron muy pronto en la calle, libres como *Romeo y Julieta,* si *Romeo y Julieta* hubiesen sido sirvientes y se hubiesen escapado juntos alguna vez.

Cuando llegaron a la puerta de la Alegría, el baile estaba en todo su esplendor. Los "Tenorios" hacían una mella terrible en aquella Ineses [267] de media tinta y de color entero.

Las cuadrillas se bailaban con una seriedad rígida, casi británica; el vals no dejaba nada que desear por corrección: la mazurca era de un remeneo de ancas de dudosa moderación, y por último la habanera algo alarmante como chacota de articulaciones.

En medio de estos variados modos de bailar, se notaba en aquel salón, donde había una absoluta proscripción del perfil griego, una suma tendencia al tono y a la elegancia. Los "Tenorios" se llaman como sus amos; se dan su nombre y apellido; usan su papel timbrado, se ponen sus fracs, sus guantes, sus corbatas y sus camisas; la única nota discordante es el pie, el pie de un "Tenorio" es algo melancólico: un pedicuro con cierto talento dramático podría escribir una tragedia más terrible que Fedra [268], con sólo estudiar el pasaje de su instrumento a través del pie de un joven *high—life* de color. He ahí la causa por qué los negros, después de tres días de carnaval, por más elegantes y presuntuosos que sean, tienen que vivir otros tres días prendidos de una reja; los pies necesitan suspender su misión terrena por ese espacio de tiempo

267   *Ineses*: plural de Inés, por Doña Inés de Ulloa, cuyo amor redime a don Juan Tenorio en la obra de José Zorrilla
268   *Fedra*: hija de Minos (rey de Creta) y Pacifae (hija de Helio, madre del minotauro), y hermana de Ariadna ( quien ayudó a Teseo a matar el minotauro). Casada con Teseo se enamoró de Hipólito, hijo de su esposo con Hipólita, reina de las Amazonas. Temerosa de ser descubierta acusó a Hipólito de haberla violado. Cuando Hipólito muere por designio de Poseidón Fedra se suicida.

para volver a su estado primitivo.

En fin, a pesar de estos inconvenientes, los galanes bailaban aquella noche en la Alegría con tanto garbo, y tal vez con más suerte, que sus patrones del Club del Progreso. Un "Tenorio" con su uniforme blanco y celeste debe ser algo ideal para su compañera de baile y de color; porque al fin, convengamos en que, vestirse para enamorar con los purísimos colores del cielo, es mucho más lógico que hacerlo de negro como los amos.

Hay algo de fantástico en ese traje, en esa chaquetilla de merino azul con galones de plata, en ese pantalón de cotí blanco, en esas polainas de precio modesto pero de soberbio brillo, que se empeñan en confabularse con el botín chueco [269] de elástico, para fingirse botas granaderas.

Alejandro entró en el baile del brazo de su compañera, cuyo espléndido dominó levantó el cotarro de todas las princesas negras que vieron pasar a su lado aquella vasca plebeya, pero blanca. ¡Alejandro, rendido a una "extranjera de Uropa"! ¡Qué decepción! ¡El, el más aristocrático *swell* [270] de la *clase,* la flor y nata de las academias de baile, entregado a una gringa!

Las señoritas y las matronas no se lo perdonaron, pero el lindo mulato, sin importársele mucho de las críticas que le hacían por todos los centros del salón, tomó de la cintura a su linda compañera y acometió un *scottish* [271] de paso doble que en aquel momento comenzaban a rascarlo cuatro violines de la orquesta y un figle [272] solitario y pifión [273] que se quejaba entre los labios de un viejo músico panzón y dormido, representante de la música de viento.

Es de ver la galantería del negro porteño. Prescindiendo, si es posible prescindir del ambiente del salón, que es algo pesado, la cortesía y la urbanidad entre ellos son incomparables: el lenguaje incorrecto pero elevadísimo. Se conversa con las mismas pretensiones con que se conversa en el gran mundo; se enamora con la misma gracia, con la misma compostura y con el mismo *chic.* Las niñas no dejan nada que desear desde el punto de vista de la educación: es cierto que los labios son un poco gruesos y las narices algo chatas, pero de una autenticidad indiscutible; allí no hay *veloutine* ni crema de perlas que formen cutis apócrifos. Los mozos son de la más alta estirpe administrativa: entre ellos está representada la secretaría del presidente de la República, por un empleado, que aunque sirve el té y el agua con panal, no se apea de su categoría de empleado público. Los cinco ministerios de la Nación tienen sus más dignos representantes: la diplomacia, el gobierno, la instrucción pública, la guerra y la hacienda forman parte de los "Tenorios del Plata", que bailan en la Alegría las tres noches de carnaval. Las mamás o las tías y madrinas viejas, que se le acomodan desde su asiento a una masa sopada en vino Priorato, ven

269  *Chueco*: de pie torcido
270   *Swell*: literalmente marejada, pero se utilizó para denotar lo sobresaliente aunque algo pomposo, engolado
271  *Scottish*: o Schotis, baile típico madrileño, aunques oriundo de Gran Bretaña, de ahí su nombre. El baile lo realiza la mujer que es la que realmente baila, mientras que el hombre gira sobre sí mismo, apoyándose en la puntera de los zapatos y levantando los tacones sin moverse del lugar
272  *Figle*: (bugle) Instrumento de viento, de cobre con boquilla abovedada, el corno, la trompeta, el cornetín, los trombones, la tuba, y los saxos, etc.
273  *Pifión*: desafinado, de *pifiar*, errar.

pasar con envidia a toda esa juventud oficial que desempeña cargos modestos, pero honrosos en la política argentina. Y generalmente, esos *snobs* de medio pelo son codiciados por el prestigio social que rodea su nombre; pero, si suelen ser eximios como amantes, son intolerables como maridos; todos concluyen enamorando vascas, como Alejandro, o perdiendo a las negritas mimadas de casas decentes. Aquella sociedad tiene sus escándalos como todas las sociedades: raptos, seducciones, adulterios, suicidios y hasta duelos. Hablan de las guerras y de las batallas pasadas con un profundo conocimiento de lo sucedido, porque el negro y el pardo porteño saben batirse con la bizarría del mejor de los soldados y caer sobre el campo de la acción como caen los héroes.

Las dos de la madrugada habían dado ya, y Graciana apuraba a Alejandro para volver a casa. La sirvienta pensaba con razón, que el señor podía haber notado su ausencia, que la niñita podía haber llorado, que Blanca podía haber regresado del club; pero el negro, rumboso 274 al fin, como todos los de su clase, quería concluir la noche con una cena en un café de la vecindad y porfiaba por retener a su mascarita.

Tanto hizo Alejandro, que Graciana, después de bailar con él la última galopa con un ímpetu y un entusiasmo indescriptibles, consintió en ir a cenar, no por cierto unas ostras con Sauterne, sino unas suculentas costillas de chancho, apoyadas por una copiosa taza de café con leche, con pan y manteca, que sirvieron para corregir la vacuidad incómoda que todos los estómagos, ya sean plebeyos o aristocráticos, sienten a las tres de la mañana después de una noche de baile.

Concluida la cena, la pareja se puso en marcha. Salían conjuntamente del teatro, con los "Tenorios", extenuados por la fatiga de la noche, demostrando en el rostro esa melancolía peculiar que demuestra el último comparsa que se retira en la madrugada de la tercera noche de carnaval.

Por entre ellos atravesó orgullosamente Alejandro con su compañera del brazo, y doblando por la calle de Victoria, la condujo hasta la puerta de la casa de sus patrones.

Pero la sorpresa de la pareja fue grande, cuando llegaron a la casa de mi tío Ramón; la puerta estaba abierta; la luz encendida en el vestíbulo bajo y en el vestíbulo alto. Algo de extraordinario debía de haber pasado durante su ausencia, y la fuga de Graciana había sido notada. La sirvienta tuvo un acceso de nervios muy común entre las francesas y no se atrevió a entrar: colgada del brazo de Alejandro, tiritaba de miedo.

El pardo vacilaba también, y caballeresco como era, no se atrevía a comprometer ni a abandonar a Graciana en la puerta. La alarma aumentaba con el ruido de los carruajes que comenzaban a remolinear en la esquina del Club del Progreso, lo que les indicaba que el baile allí tocaba a su término, que de un momento a otro, Blanca llegaría a su casa y encontraría a Graciana dis-

---

274 *Rumboso*: ostentoso

frazada con su dominó. Los dos amantes optaron por lo más práctico en aquellos instantes críticos y huyeron calle de Victoria arriba, prefiriendo la fuga a pasar por la vergüenza de ser descubiertos. Alejandro, el audaz seductor de aquella honesta Margarita, fue a golpear la puerta de una posada de la plaza de Lorea, donde se instaló con su compañera, resuelto a darle su nombre para cubrir su falta y purificar su honra manchada.

# XIX

E l buen tío Ramón se había recogido temprano aquella noche; el primer
día de mascarada lo había rendido por todo el carnaval. Fernanda y
Blanca, con Montifiori y sus amigos, habían pasado los tres días en una
jarana [275] completa: en el corso [276], en los bailes, en las tertulias particulares,
Fernanda y Blanca habían sido conocidas en todas partes; Pero eso era lo que
ellas buscaban en medio de la turba de corsarios de gran tono, que les daban
caza a través de aquellas noches de locura. El último día, al regresar del corso, habían encontrado tumbado al viejo marido, presa de sus reumatismos.
Blanca tuvo una pasajera contrariedad; se acercó a su esposo, le hizo algunos
cariños de fórmula, lo puso en el caso de que le suplicase a ella misma que no
dejase de ir al baile de máscaras, y simulando hallarse bajo el imperio de una
orden, comenzó a preparar su traje, que ya estaba pronto desde muchos días
atrás. Con la cabeza montada [277] por la bulla carnavalesca y por la perspectiva del baile, se hizo vestir rápidamente por Graciana, esperó impacientemen-
te a la madre, que tardaba ya algo en venir, se acercó al lecho de su marido, se
despidió de él con urgencia y salió precipitadamente sin siquiera acordarse de
su hijita, a quien dejaba en poder de una sirvienta. El baile la atraía irresistiblemente.

El buen viejo, después de haber besado a su hija, se retiró a su habitación,
que estaba inmediata a la que Graciana debía cuidar a la niñita. A la una de
la noche, mi tío, que dormitaba, se despertó súbitamente por una luz repentina que lo deslumbró como un relámpago, creyendo haber oído en sueños
algo como un grito estridente y penetrante. El viejo abandonó su lecho difi-
cultosamente, y creyendo que en efecto era un relámpago, abrió los postigos
del balcón y miró hacia afuera: pero el cielo estaba sereno y estrellado, y la luz
nocturna iluminaba las aceras.

Creyó en una pesadilla y trató de detener y comprimir las ideas confusas
que habían pasado por su cerebro mientras dormía. Quiso volver a su cama,
pero había perdido el rumbo, la disposición de la habitación se había trastor-
nado completamente para él. Se detuvo un segundo en el centro del cuarto,
procurando orientarse en vano; tocó una puerta, encontróla abierta y al pasar el umbral, sintió un olor característico a lienzos quemados. El pobre viejo se sintió preso de un violento golpe de fiebre: quiso recapacitar y no pudo;

275  *Jarana*: diversión bulliciosa
276  *Corso*: desfile de carnaval
277  *Montada*: batida hasta ponerse esponjosa (crema montada)

los más horribles pensamientos cruzaron por su imaginación; perdido siempre en la habitación, volteó dos o tres muebles, tuvo miedo, se le aflojaron las piernas y cayó desfallecido sobre el piso. Un silencio sepulcral reinaba en las habitaciones, tan profundo como la obscuridad que lo rodeaba. Una idea fija embargaba la razón del desgraciado anciano. Se incorporó débilmente sobre el piso y gritó a Graciana, con voz ahogada y angustiosa, pero nadie le respondió. Volvió a gritar con un acento de desesperación, que desgarraba el alma, pero todo fue en vano, nadie le contestó tampoco; se incorporó de nuevo y arrastrándose con trabajo tanteó las paredes, buscando el botón de la campanilla eléctrica: después de unos minutos lo encontró y lo hundió con desesperación: el silencio era tan profundo que oyó el martilleo peculiar del timbre en el fondo de la casa; esperó, pero nadie vino; llamó de nuevo y siguió llamando incesantemente; la casa estaba sola, nadie le respondía. Entonces volvió a gritar desesperadamente a Graciana y creyéndose orientado por un momento, atropelló en la dirección en que él creía que estaba el cuarto de la niña; pero, no bien había dado tres pasos, cuando recibió un terrible golpe en la frente que le hizo retroceder; había dado contra la puerta opuesta.

El viejo cayó desfallecido de nuevo y el silencio inmenso e imponente de la noche volvió a reinar con su paz profunda y aterradora. En aquella situación, el reloj del Cabildo dio las tres de la mañana y el eco sordo de la campana se difundió por la ciudad dormida. El viejo pensaba que Blanca no podía tardar: se oían las voces y las algazaras de las últimas máscaras que se retiraban, y una orquesta lejana, tal vez la del club, tocaba las últimas galopas. Todos aquellos detalles aumentaban la cruel situación del anciano afligido, casi inmóvil, presa de una fiebre terrible. En ese estado se arrastró por el suelo tanteando siempre los muebles: por último, puso la mano sobre un sofá, que ocupaba el espacio comprendido entre el balcón y la puerta que llevaba al cuarto de su hija y con una alegría íntima se incorporó, impulsó la puerta que Graciana al partir había dejado entornada y penetró a la habitación, loco, convulso y desatentado. Pero el cuarto estaba lleno de humo, allí se había quemado algo: recordó su sueño, aquella súbita luz que había herido sus pupilas y aquel grito penetrante que aún le parecía oír y cayó de nuevo en una desesperación terrible. El humo de la habitación comenzaba a asfixiarlo y un terror frío e indescriptible cerró sus labios y paralizó sus movimientos; un temor instintivo no le permitía moverse; prefería la duda, la inmovilidad, antes de acelerar el desenlace espantoso de aquella noche de abandono y de insomnio. En esa situación volvió a llamar tímida, cariñosamente a Graciana, pero, como antes, nadie le respondió.

Postrado en el suelo, en un rincón del cuarto, rodeado siempre por la más completa obscuridad, pudo oír que un carruaje acababa de detenerse bajo de los balcones, y al rato, que se abría y cerraba con gran cuidado la puerta de calle: sintió en seguida pasos en la gran escalera: quiso llamar para apurar a los que venían, pero la palabra se ahogó en su garganta y tuvo que esperar: oyó los pasos en el vestíbulo y unos segundos después el ruido de una llave en la cerradura de la puerta de la habitación en que se hallaba: la puerta se abrió y dio paso a alguien; el *frou–frou* de la seda le indicó que era Blanca que regresaba. De pronto ardió un fósforo y acto continuo la luz violeta del gas iluminó toda la habitación.

Entonces el cuadro que se presentó a la vista de los que allí se encontraron fue terrible: en un extremo de la estancia[278], la cuna de la niña cubierta de hollín[279]: las cortinas se habían encendido, el fuego había invadido las ropas; la desgraciada criatura había muerto quemada, por un descuido de Graciana, que, atolondrada por la fuga, había dejado la bujía a poca distancia de la cuna. El rostro de la niñita era una llaga viva: tenía los dientes apretados por la última convulsión; con la mano izquierda asada por el fuego, se asía desesperadamente de una de las varillas de bronce de la camita, y la derecha dura, rígida, en ademán amenazante; la actitud del cadáver revelaba los esfuerzos que la víctima había hecho para escapar del fuego, en vano. Blanca era la que había encendido el gas; al hacerlo, dio vuelta y vio a su marido postrado en tierra y a su hija quemada viva en la cuna: retrocedió y dio un grito terrible: el pobre viejo se levantaba al mismo tiempo, y en la puerta que daba al vestíbulo exterior por donde Blanca había penetrado, sorprendía con la vista un hombre joven que había entrado con ella: fue lo primero que vio, quiso lanzarse sobre él, pero el grito de horror de Blanca lo detuvo, y entonces volvió los ojos sobre la cuna de su hija. Toda esta escena fue la obra simultánea de un instante; las más breves palabras no alcanzarían nunca a traducir su trágica rapidez. El pobre padre, al ver el horrible espectáculo que presentaba el cadáver de su hija, abrasada por las llamas, se detuvo horrorizado ante él; quiso hablar, pero no pudo, fue a lanzarse iracundo sobre el amante, que en actitud vacilante no sabía qué partido tomar, pero apenas dio dos pasos cayó al suelo, fulminado por una parálisis repentina, la lengua trabada, el rostro descompuesto, el cuerpo laxo y sin fuerzas. Al caer dio con la frente en el suelo y su rostro se bañó en sangre.

—Huyamos, Blanca –gritó el desconocido, cubriéndola con el tapado que ella le había abandonado al entrar.

Aquella miserable criatura abarcó la escena con una sola mirada, pero el brazo amenazante de la niñita la intimidó y dio vuelta el rostro. El cuerpo de su marido obstruía el paso por la única puerta de salida; se detuvo un instante, y como tomando una resolución repentina, con los ojos iluminados por una luz satánica, se volvió al hombre que la esperaba con actitud indecisa, y saltando ambos por sobre el cuerpo que yacía en tierra, le gritó:

—¡Huyamos!

---

278  *Estancia*: habitación
279  *Hollín*: sustancia oscura, residuo del humo

# XX

Yo no me había olvidado de Valentina, mi dulce Valentina de otros días. Mi tío, en un hospicio [280], idiota, sin habla y sin razón. Don Benito casado al fin, con una señora rica y de edad proporcionada a la suya. ¡Qué diablo!

A mí también me dio por casarme y me acordé de mi idilio de veinte años. Vivía solo y aislado, y lo peor de todo era, que probablemente por no haber seguido el consejo del doctor Trevexo, de estudiar en los diarios, me encontraba sin recurso alguno para aspirar a las altas posiciones políticas con que allá en el año 62 me pronosticaba él un porvenir brillante.

Pero en lo íntimo de mi corazón, yo había guardado el recuerdo de Valentina: la única criatura que había dejado en mi alma una memoria dulce y tranquila. Por largo tiempo nos habíamos escrito, pero después de la muerte de su hermano, nada sabía de ella. Valentina era para mí un horizonte lejano, pero límpido, y en la soledad de mi vida, la primera edad reaparecía, los días de colegio volvían: pensaba en don Pío y en don Josef, el célebre descendiente de Gonzalo de Córdoba y veía la imagen de mi novia, sonriéndome en los únicos años de felicidad que han iluminado la vida.

Veíala aparecer en uno de los balcones de la antigua casa en que vivía o asomando el rostro risueño y sonrosado detrás de los cristales; linda como nunca, llena de juventud, perfumada de gracia y de castidad.

Algunas veces el recuerdo inquietante de Blanca, había turbado mi sueño; el mundo con sus pasiones y sus encuentros, habíame suspendido un momento en su vorágine, pero poco a poco la purísima imagen de Valentina volvía a levantarse delante de mis ojos como una cariñosa sombra que me llamaba, allá, al pasado, al dulce pasado de la adolescencia.

Valentina me esperaba y busqué a Valentina en el pueblo del colegio. Llevaba el espíritu enfermo y agitado bajo la influencia de los tormentos por que había atravesado y la realidad de un sueño de juventud iba a darme la eterna felicidad. Llegué y busqué la casa de Valentina. Ya no habitaba su familia en ella.

Averigüé y la encontré al fin. La poética criatura se había casado con don Camilo, pocos meses antes y era feliz, muy feliz.

Don Camilo tenía una renta considerable, era hombre público y hasta

280 *Hospicio*: hospital para enfermos mentales

hombre distinguido. ¡Sentí la desesperación, la horrible desesperación que se siente ante lo imposible, ante la muerte, ante lo irremediable, y pensé si el alma podría arrancarse del cuerpo y arrojarse como inútil estorbo de la vida!

# XXI

Pero alguien, con la exigencia inexorable [281] de todos los que leen, querrá saber de Blanca. Blanca, la linda porteña, corre la vida fácil y elegante, pero duerme con los ojos abiertos, porque cuando los cierra, la cara de un viejo idiota y paralítico la observa con una sonrisa inmóvil y el brazo rígido de su hija muerta se levanta sobre ella como una eterna amenaza.

---

281 *Inexorable*: que no se deja vencer por ruegos

Thank you for acquiring

# LA GRAN ALDEA

This book is part of the
**Stockcero Spanish & Latin American Studies Library Program.**
It was brought back to print following the request of at least one hundred interested readers –many belonging to the North American teaching community– who seek a better insight on the culture roots of Hispanic America.

To complete the full circle and get a better understanding about the actual needs of our readers, we would appreciate if you could be so kind as to spare some time and register your purchase at:
http://www.stockcero.com/bookregister.php

**The Stockcero Mission:**
To enhance the understanding of Latin American issues in North America, while promoting the role of books as culture vectors

**The Stockcero Spanish & Latin American Studies Library Goal:**
To bring back into print those books that the Teaching Community considers necessary for an in depth understanding of the Latin American societies and their culture, with special emphasis on history, economy, politics and literature.

**Program mechanics:**
- Publishing priorities are assigned through a ranking system, based on the number of nominations received by each title listed in our databases
- Registered Users may nominate as many titles as they consider fit
- Reaching 5 votes the title enters a daily updated ranking list
- Upon reaching the 100 votes the title is brought back into print
  You may find more information about the Stockcero Programs by visiting www.stockcero.com.